AF131700

La Saga des Wingleton

Tome 4 :
David

Lola Blood

LA SAGA DES WINGLETON

Tome 4 :

DAVID

Lola Blood

So ROMANCE

www.soromance.com

Chapitre 1

Ce jour-là, le repas de famille est mouvementé ; la fille de James et Nina est le centre de toutes les attentions et la grossesse d'Hope ne passe pas inaperçue également. La jeune femme est à présent enceinte de sept mois et Cyana, la fille de James et Nina, a quatre mois. Autant dire que les parents des quatre frères Wingleton en sont complètement gagas. D'un coup, un vrombissement de moto fait sursauter tout le monde. Un couple en descend, la jeune femme avec des cheveux roses et le jeune homme à l'allure de « bad boy » s'approche de la petite fête.

— Crystal ! Nick ! Vous avez pu venir !

Nick se rapproche de sa mère et l'embrasse.

— On n'aurait loupé ça pour rien au monde !

David s'approche également de son frère et le serre dans ses bras.

— Bon, vous restez un peu ?

— Oui, Crystal veut voir sa famille, donc on a décidé de rester un mois à peu près dans le coin !

Crystal court voir Darren, elle le prend dans ses bras et fait de même avec Hope.

— Comment ça va ? Alors pas trop dur ?

— Ne m'en parle pas, je suis vraiment fatiguée ! Mais il me tarde de l'avoir dans mes bras ! Ha oui, on a quelque chose à te demander avec Darren… Je lui laisse le soin de te l'annoncer.

Crystal se tourne vers Darren.

— Voilà, on voulait savoir si tu voulais bien devenir la marraine de notre fils ?

— Moi ? Oui ! Avec plaisir !

Crystal est folle de joie, elle embrasse le couple et s'empresse de le dire à Nick.

— Je le savais déjà, « petite souris » !

— Quoi ?

— Oui mon frère m'en avait parlé !

— MONSIEUR WINGLETON, VENEZ VITE !

Un homme arrive en plein repas de famille et se jette presque sur David.

— Que se passe-t-il, Terrence ?

— C'est Terreur, il s'est blessé et Madame Lewing est très en colère !

David regarde sa famille.

— Désolé, le devoir m'appelle !

David court avec Terrence dans toute la propriété. Quand ils arrivent au manège extérieur, ils aperçoivent un cheval à terre et une femme lui crier dessus.

— Relève-toi ! Tu ne me sers vraiment à rien !

— Madame Lewing, que se passe-t-il ?

— C'est cette bestiole ! Elle n'est même pas capable de tenir debout ! Je vais devoir la mettre à l'abattoir !

— Mais pourquoi dites-vous ça ?

— Monsieur, il faut appeler le vétérinaire, Terreur à une vilaine blessure à la patte !

— OK, occupez-vous-en, Terrence, j'emmène Madame Lewing dans mon bureau !

Terrence téléphone au vétérinaire et lui explique en détail ce qui se passe. Au bout d'une demi-heure, une camionnette blanche arrive, un homme et une femme descendent.

— Je peux vous aider ?

— Bonjour, vous êtes Terrence ? demande la jeune femme.

— Oui et vous ?

— Je suis la docteure Merino et voici mon assistant Dan.

— Mais d'habitude c'est Peter qui vient…

— Oui, mais le docteur Mend n'est plus là, je devais venir demain me présenter dans les formes, mais au vu des circonstances… me voilà ! Peter a dû partir dans sa famille précipitamment et a quitté son poste. Je suis sa remplaçante.

— Bon, je vous présenterai Monsieur Wingleton plus tard. En attendant, voici Terreur. Apparemment il a eu peur, s'est cabré et a tapé la patte dans la barrière.

La docteure Merino s'approche du cheval et le regarde sous toutes les coutures.

— OK, bon, c'est les membres postérieurs qui ont été touchés, côté gauche particulièrement, je penche pour une lésion des tendons, ce qui va engendrer une tendinite. Je dois faire une échographie pour en savoir plus.

— Il vous faut l'emmener à la clinique ?

— Non, ne vous inquiétez pas, je ne vais pas l'embêter en le transportant là-bas, je vais…

Un homme à la carrure assez imposante s'approche de tout ce petit monde.

— Bonjour, qui êtes-vous ? Que faites-vous au-dessus de ce cheval ?

Terrence se dépêche de répondre.

— Monsieur, c'est la docteure Merino, elle remplace le Dr Mend, il est parti dans sa famille en urgence et apparemment n'est pas près de revenir.

— Bonjour, Monsieur Wingleton, je suppose ? Je suis la docteure Merino, Marisol Merino.

Marisol tend la main à David et ce dernier, après l'avoir regardée de bas en haut, répond à son geste.

— Bonjour, bon, Terreur est sorti d'affaire ?

— J'expliquais à votre palefrenier que ce cheval souffre certainement de lésions au niveau des tendons, ce qui va se traduire par une tendinite. Je vais devoir vérifier.

— Une échographie ?

— Oui, mais je devrais repasser plus tard, je n'ai pas le matériel avec moi, là on va le ramener à son box avec la plus grande précaution et je vais lui donner un tranquillisant pour la douleur.

— OK !

David s'éloigne et laisse Marisol faire les manœuvres, il retourne dans son bureau où l'attend Madame Lewing.

— Terreur a *a priori* une tendinite. Le vétérinaire va vérifier quand même, mais il y a très peu de place pour le doute.

— Quoi ? Mais c'est impossible ! Il doit concourir samedi, je fais quoi, moi ?

— Allons, allons, Caroline calmez-vous…

David s'approche de la femme et glisse une main sur sa nuque. Cette dernière se retourne et l'embrasse à pleine bouche.

— Hum heureusement que vous êtes là, David, pour me rassurer !

David sourit et appuie le baiser. Il porte la femme sur son bureau et commence à glisser une main sous son corsage. Caroline lance sa tête en arrière et pousse des gémissements. Elle commence à défaire la ceinture de David quand la porte s'ouvre brusquement.

— Ho pardon… Je suis vraiment désolée… j'ignorais que…

— David! C'est normal que tes employés ouvrent la porte sans frapper?!! C'est vraiment une honte! Écoutez-moi, mademoiselle, vous ferez le ménage plus tard! Nous sommes occupés!

La jeune fille qui vient d'ouvrir la porte rigole doucement et s'approche du couple, David s'écarte légèrement et se rhabille.

— Je ne suis pas une femme de ménage et même si j'en étais une je ne vous laisserais pas me parler sur ce ton! Pour qui vous prenez-vous? Vous êtes une riche bourgeoise qui se fait tringler dans un bureau et vous pensez que ça vous donne le droit de me parler comme ça? À la description de Terrence, je suppose que vous devez être la propriétaire de Terreur, sachez que je suis son vétérinaire et que votre cheval a une tendinite! Quant à vous, Monsieur Wingleton, j'étais juste venue vous déposer les papiers en urgence, car je dois vite repartir. Si vous signez ces papiers, vous confirmerez que vous me gardez comme vétérinaire. Bonne journée!

— Vous pensez qu'il va vous garder? Une gitane comme vous qui parle mal et qui…

— Mes origines vous poseraient-elles un problème? Je vois que beaucoup de personnes ont encore des préjugés! Oui je suis gitane, même bohémienne, et fière de l'être. De là où je viens, en Andalousie, on est fiers de ce que nous sommes! Et sur le fait de me garder ou pas, je ne pense pas que ce soit à vous de prendre cette décision! Vous avez beau passer sur le bureau, vous n'êtes pas la propriétaire!

Marisol sort de la pièce en claquant la porte, elle monte dans sa camionnette avec Dan et s'apprête à quitter la propriété. Au bout de l'allée, elle voit une moto rouge flamboyant se mettre en travers de la route et voit David qui en descend, furieux et hors de lui. Elle fait de même.

— Je peux vous aider, Monsieur Wingleton ?

— Je pense sincèrement que quelque chose ne tourne pas rond chez vous ! Vous pensez que vous pouvez débarquer et parler de cette façon aux clients ?

— Mais c'est votre cliente, ce n'est pas la mienne ! Et je ne vais certainement pas laisser une personne me parler sur ce ton, que ce soit cette cliente ou vous !

— Alors pour être sûr que plus personne ne vous parle mal, vous ne reviendrez plus ici !

— Mais que se passe-t-il ?

Avec tout ce chahut, le repas de famille s'est interrompu et tout le monde se retrouve près du portail. La mère de famille regarde Marisol et son fils.

— Qu'est-ce que c'est que ces hurlements, on vous entend depuis le jardin !

— Je suis la docteure Marisol Merino, je remplace le docteur Mend qui a dû partir.

— Bonjour mademoiselle. Je suis madame Wingleton. David ? Qu'est-ce que c'est que ces cris et… pourquoi as-tu dérapé dans mon allée ! Il y a du gravier partout.

— Je venais juste dire au docteur Merino qu'il n'y aurait pas de collaboration entre nous !

— Pourquoi ça ? Si le docteur Mend lui a fait confiance pour lui laisser le cabinet c'est que…

— Madame Wingleton, ne vous inquiétez pas, je pense que votre fils a été touché dans son amour propre. Il n'a tout simplement pas supporté que je rentre dans son bureau pour expliquer à sa cliente ce qu'avait le cheval et lui expliquer à lui qu'il devait signer des papiers pour que je puisse continuer de travailler pour vous alors qu'il était en plein ébats sexuels sur son bureau !

Au même moment, le père et la mère écarquillent les yeux, Nick crache son verre à terre et rigole pendant que le reste de la famille glousse.

— Je t'avais dit d'arrêter ça ! Plus de rapport sexuel avec les clientes ! J'en ai marre ! Si tu continues, tu n'auras plus la gérance du haras !

— Mère, je…

— Ne te justifie pas ! Quant à vous, docteur Merino, je signerai vos papiers sans soucis !

— Mère, vous ne pouvez pas…

— Écoute-moi bien, David Wingleton, je suis encore propriétaire de ce domaine et je fais ce que je veux !

— Je ne veux pas être à l'origine d'un différend familial et…

— Non, Mademoiselle, ce n'est en aucun cas de votre faute ! C'est mon fils qui va devoir garder son appareil dans son pantalon !

Marisol s'approche de David avec les papiers et un grand sourire.

— Vous les signez ou je vois avec « maman » ?

David plonge son regard dans celui de Marisol. Une immense tension se dégage entre eux. Il attrape le stylo, signe puis s'approche de l'oreille de la jeune femme.

— Je ne vais pas en rester là. Je suis loin d'être homme à me laisser faire !

— Mais il n'y a pas de soucis, Monsieur Wingleton.

Marisol remonte dans sa camionnette et annonce à David qu'elle repassera le soir même pour l'écho. Une fois partie, Nick se rapproche de son frère.

— Coriace, la demoiselle.

— Je ne vais pas la laisser faire et crois-moi qu'elle va dégager d'ici !

— Elle a raison la miss, tu as été blessé dans ton amour propre !

David ne dit rien, remonte sur sa moto et part en direction du haras. Sa mère lève les yeux au ciel.

— Je ne sais pas ce que je vais faire de lui, il faut qu'il arrête ! Je ne vais pas le laisser continuer !

Les trois frères se regardent, sourient puis se tournent vers leur mère.

— Hum je pense qu'il va vite arrêter ses conneries !

— La petite ne va pas y être pour rien !

— Je suis sûr qu'elle va le dompter avec son caractère !

— Vous croyez ? Il va lui falloir une femme forte pour le contrer et je doute que cette demoiselle le soit assez…

— Dans chaque ange se cache un démon…

— Croyez-nous…

— On parle par expérience !

En même temps, les trois hommes se tournent vers Hope, Crystal et Nina, qui leur adressent un magnifique sourire.

Le soir même, Marisol retourne au haras pour s'occuper de Terreur. Elle voit Terrence sur le point de quitter la propriété.

— Bonsoir, je suis désolé, mais je dois quitter plus tôt ce soir, cela ne vous dérange pas ?

— Non, je vous en prie ! Monsieur Wingleton est-il là ?

— Non, docteure, il est à une soirée, vous voulez que je l'appelle ?

— Ce n'est pas la peine, merci à vous.

Marisol se retrouve seule dans le box de Terreur. Elle attrape tout son matériel et se pose à côté du cheval. Ce dernier a l'air particulièrement nerveux.

— Calme-toi… chut…

Terreur se lève d'un coup et Marisol recule en trébuchant sur des outils au sol. Elle n'a pas le temps de toucher le sol qu'une main la retient par la taille. Elle se tourne et se trouve nez à nez avec David.

— Vous ne pouvez pas faire attention, vous pourriez être plus professionnelle !

David la lâche et part s'enfermer dans son bureau. Marisol soupire. Elle inspecte le cheval et fronce les sourcils. Une fois son examen terminé et le cheval apaisé, elle se dirige vers le bureau de David. Elle frappe.

— Excusez-moi, mais je dois vous parler de quelque chose.

— Tiens, vous frappez aux portes maintenant ?

— Bon, nous pouvons discuter en adultes ou je vais devoir aller chercher votre mère ?

— Que voulez-vous ?

— J'ai un problème avec Terreur, il a différentes marques de piqûres…

— Oui, il a eu un vaccin il n'y a pas longtemps et vous-même vous lui avez…

— Non pas ce genre de piqûre, vous pouvez venir voir ?

David, intrigué, se lève et suit Marisol jusqu'au box de Terreur. Elle lui montre l'intérieur de la cuisse du cheval et David ne peut que constater énormément de marques de piqûres.

— Qu'est-ce que c'est que ce bordel ?

— Je pense que ce cheval est drogué.

— Quoi ? Aucun cheval d'ici n'est drogué, je n'ai pas besoin de ça pour gagner !

— Vous peut-être pas…

— Attendez, vous êtes en train de me dire que Madame Lewing aurait drogué son cheval pour gagner…

— Et pouvoir le laisser en pension ici et… plus si affinités !

— Merci de me rappeler cela mademoiselle Merino ! Bon, vous pouvez faire un test ?

— Je vais lui faire une prise de sang, j'aurai les résultats demain dans la journée. En attendant, il ne doit pas bouger. Je repasserai lui donner un calmant demain. Pour l'instant il a un bandage et ce qu'il faut pour sa tendinite. Je vous souhaite une bonne soirée, monsieur Wingleton.

— Bonne soirée, docteure.

Marisol regagne sa camionnette et David la regarde s'éloigner, il secoue la tête et rentre de nouveau dans son bureau.

Chapitre 2

Le lendemain, David se réveille dans son bureau, il a dormi sur le sofa pour surveiller Terreur toute la nuit. Il a mal dormi et a refait plein de cauchemars sur son enfance. Il revoit le fameux jour où Nick est parti et où il s'est retrouvé tout seul. Il s'est renfermé et n'a parlé à personne. Depuis ce jour, il a travaillé à fond pour faire partie de la société de ses parents et a refusé tout contact avec d'autres personnes. Il y a bien eu une fille, lorsqu'il avait 18 ans, qui a tenté de construire un truc avec lui, mais il s'est refusé à tout cela, surtout en s'apercevant qu'elle ne voulait de lui que pour son nom de famille et qu'il avait été victime de trahison. Depuis, il enchaîne les conquêtes. Célibataires ou mariées, peu importe.

David se lève, remet ses cheveux en place et se sert un café en se dirigeant vers le box de Terreur. Terrence est près du cheval et lui parle calmement.

— La docteure a appelé ce matin. Elle voulait vous parler, mais je lui ai dit que vous n'étiez pas disponible, je vous ai noté ses coordonnées.

David fonce dans son bureau et appelle Marisol.

— Bonjour, Mademoiselle Merino, vous vouliez me parler ?

— Oui, mais pas au téléphone, je passe au haras dans la journée.

— Vous êtes où ?

— Heu… écoutez, là, je ne peux vraiment pas.

— Bon, OK, mais faites vite. Je suppose que c'est à propos de Terreur et je m'inquiète vraiment. J'y tiens, je l'ai en pension depuis qu'il est petit !

Un grand blanc se fait entendre au téléphone et Marisol décide de lui donner une adresse à laquelle il peut venir.

Ni une ni deux, David monte sur sa moto et fonce à l'adresse donnée par la jeune fille. En arrivant, il découvre une petite maison de campagne, il frappe à la porte et un vieil homme en fauteuil roulant lui ouvre la porte. David s'excuse.

— Bonjour monsieur, je suis vraiment désolé, j'ai dû me tromper d'adresse...

— Non, non, mon grand ! Vous devez être Monsieur Wingleton. Marisol n'en a pas dormi de la nuit, elle ne supporte pas qu'on fasse de mal aux animaux et encore plus aux chevaux. Je m'appelle Diego, Diego Merino, je suis le papa de Marisol. Si vous voulez la voir, elle est derrière et s'occupe de Plume, sa jument.

David s'excuse auprès de Diego et fait le tour de la maison. Il découvre un petit bout de terrain et une immense fumée de poussière, il s'adosse à la barrière et regarde. Petit à petit, la fumée s'estompe et Marisol se rapproche de lui. La jeune fille a l'air totalement différente, ses cheveux noirs sont détachés, elle est habillée avec une longue robe blanche et David n'a plus les mots quand elle arrive près de lui.

— Monsieur Wingleton ?

— Heu... ouais ! Écoutez-moi puisque l'on va travailler ensemble, appelez-moi David !

— OK, suivez-moi, ce que j'ai à vous apprendre n'est pas joli ! Permettez que je rentre ma jument à son box.

— Bien sûr !

Marisol rentre la jument sous le regard de David.

— Elle est magnifique, pure race espagnole si je ne me trompe pas.

— Effectivement, vous ne vous trompez pas. À la base elle était destinée à l'abattoir… mais je n'ai pu me résoudre à ça !

— L'abattoir ?

— Oui, son ancien propriétaire, un sadique, l'entraînait à fond pour des concours et un jour elle a flanché… il a voulu l'abattre, alors je l'ai récupérée !

— Vous avez bien fait. Dites-moi, votre robe est-elle bien pratique pour l'équitation ?

— Plus que vous ne le pensez ! Suivez-moi !

Marisol fait entrer David dans un bureau en l'installant dans un fauteuil.

— Ne bougez pas, je reviens avec les résultats.

Cinq minutes s'écoulent et Marisol revient. Exit la robe blanche et les cheveux détachés, un jean, un tee-shirt, une queue de cheval et des lunettes l'ont remplacée. Elle tend une feuille à David.

— Voilà, un ami qui travaille au labo a travaillé dessus une partie de la nuit et il est formel, ce cheval a du clenbuterol dans le sang !

— Clenbuterol ?

— Oui le clenbuterol est destiné au traitement de certaines pathologies respiratoires du cheval, mais à forte dose il est considéré comme un anabolisant ! Et autant vous dire que Terreur en a pas mal.

— Mais comment se fait-il, je ne vois pas Terrence faire ça et… non, je ne vois pas non plus madame Lewing faire ça à son cheval, c'est impossible !

— Enfin, si vous voulez mon avis, je pense qu'elle passe plus de temps sur ou sous votre bureau que dans le box de son cheval ou dans le manège pour les entraînements et que cette dame ferait tout pour gagner et rester chez vous ! Donc si on n'entraîne pas son cheval, on ne gagne pas et adieu la belle pension ainsi que le propriétaire !

David se lève, furieux, et commence à arpenter le bureau de Marisol.

— Arrêtez avec vos insinuations perverses !

— Je ne fais que constater ce que j'ai vu, vous ne pouvez tout de même pas le nier ! Hormis vos ébats sexuels, qui ne me regardent absolument pas, Terrence m'a dit qu'elle était en train de hurler sur son cheval quand cela s'est passé !

— C'est vrai…

— Vous êtes également au courant que ce médicament, le clenbuterol, est aujourd'hui utilisé chez les humains. Les femmes en particulier.

— Pour quoi faire ? C'est dangereux non ?

— Elles s'en servent pour maigrir, ce médicament a la particularité d'augmenter la masse musculaire, mais de surtout faire perdre de la graisse. Alors, autant vous dire que ce genre de femmes qui atteignent la quarantaine recherchent ça ! Au détriment de leur vie, mais ça, elles le constateront plus tard !

— Je ne peux pas croire qu'elle puisse faire ça ! C'est impossible !

— Écoutez, faites votre enquête, moi je dois sauver ce cheval !

— Qu'allez-vous faire ?

— Il faut lui faire comme une cure de « désintoxication » afin qu'il n'ait plus de ce produit dans le sang et en attendant, il ne doit pas être monté. Je vous charge de le dire à sa propriétaire.

— Madame Lewing ne va pas être contente, elle compte gagner le derby le week-end prochain !

— Je pense que vous aurez les mots et les gestes pour la consoler !

Avec un petit sourire peu dissimulé, Marisol fait le tour de son bureau pour ranger ses papiers. Elle se retourne et se retrouve face à face à David, qui s'est avancé derrière elle.

— Je vous vois venir, Mademoiselle Merino, avec vos suppositions ! Je pense que ma vie privée ne vous concerne pas. À moins que vous ne soyez jalouse ?

Marisol écarquille les yeux et le pousse de toutes ses forces. David en perd même l'équilibre et manque de tomber par terre. Il s'apprête s'énerver, mais voit des larmes monter dans les yeux de la jeune femme.

— Pour qui vous prenez-vous ? Vous avez de l'argent et vous pouvez tout avoir, vous êtes tous les mêmes au final ! Je vous interdis de m'approcher, jamais je n'aurais dû vous donner mon adresse. Sortez d'ici !

David ne dit rien et sort en vitesse du bureau et de la maison. Il roule à toute allure jusqu'au haras. Il jette son casque et marmonne dans sa barbe.

— Elle est vraiment folle, mais qu'est-ce qui lui prend ? Je ne veux plus qu'elle vienne ici quand je suis là !

Deux jours s'écoulent et Marisol vient tous les matins et soirs pour faire les soins à Terreur, mais David prend soin de bien l'éviter quand elle est là. Une routine s'installe pour lui. Dès qu'il voit le van de la jeune vétérinaire arriver, il va se balader. Le vendredi soir, alors que le lendemain le derby a lieu et que le haras doit concourir, Marisol arrive pour faire les soins de Terreur, mais surprise, le cheval n'est plus dans son box. Marisol le cherche partout et entend des murmures dans un autre box un peu plus loin. Elle s'approche doucement et découvre Madame Lewing en train de se débattre avec son cheval, une seringue a la main. La jeune fille décide d'intervenir.

— Vous êtes au courant que si vous lui faites une nouvelle injection, il risque de mourir ?

Caroline Lewing sursaute et se retourne brusquement.

— Encore vous ? Que faites-vous ici, je pense que vous n'êtes pas à votre place ! Dégagez !

— Je ne crois pas, je suis ici pour soigner ce cheval ! Vous êtes en train de le tuer à force de le droguer !

Madame Lewing se lève et pointe son doigt vers Marisol.

— Écoute-moi bien, la gitane, je ne pense pas que tu sais qui je suis vraiment, alors tu vas vite redescendre d'un ton ! Ce cheval est à moi et j'en fais ce que je veux, tu veux jouer la super héroïne ? Méfie-toi. Avec moi, tu n'es pas te taille !

— En aucun cas je ne joue la super-héroïne, je veux juste vous éviter de tuer ce cheval, je vais aller voir Monsieur Wingleton et…

— David ? Mais il ne me dira rien, je lui donne ce qu'il veut et en contrepartie il fait tout ce que je veux, un vrai toutou ! Tu crois que je m'envoie en l'air avec lui par amour ? Ce n'est pas le premier avec qui je fais ça et ce ne sera pas le dernier. Il continuera à m'obéir et je vais même lui parler de ton cas ! Alors maintenant tu me laisses avec mon cheval ou j'en parle à David et je fais en sorte que tu n'aies plus de boulot dans la région. Crois-moi, une fois qu'un homme est dans mes griffes j'en fais ce que je veux.

Marisol lève les yeux et s'aperçoit qu'une silhouette les observe. Cette dernière s'approche petit à petit d'elles. Ce n'est autre que David, vraiment furieux, qui a les poings fermés et les yeux fixés sur madame Lewing.

— Tu croyais sincèrement que tu allais me mener par le bout du nez, Caroline ? Sache qu'aucune femme ne l'a fait et que celle qui le fera n'est pas encore née. Croyais-tu que je n'étais pas au courant que toute la ville te passait dessus ? Ma pauvre, moi ça me permettait de m'amuser un peu ! Maintenant tu sors de ma propriété ou je me fais un malin plaisir d'appeler ton mari !

— David ! Écoute, c'est elle qui a manigancé tout ça !

— Ne t'égosille pas, je suis là depuis un moment et j'ai tout entendu ! Sors de chez moi !

— Je te rappelle que Terreur est mon cheval !

Marisol décide d'intervenir à ce moment-là, elle sort son téléphone et le montre à Caroline.

— Et si on appelait les associations pour animaux battus ? Je doute que dans votre « CV » ça fasse bien !

— Toi, ma petite, tu vas me le payer très cher, tu ne vas pas t'en sortir, je vais te pourrir à un point que tu es loin d'imaginer !

— Allez-y, j'ai les épaules larges ! Croyez-moi, vous n'êtes pas la première à vouloir me faire tomber !

Caroline sort du haras, furieuse. David se tourne vers Marisol.

— Il faut remettre Terreur dans son box.

— Surtout pas, elle l'a déplacé ici et cela l'a déjà épuisé… Je vais lui faire ses soins et il faut le laisser sur place. Si vous voulez, je peux le veiller cette nuit.

— Non, ce n'est pas la peine, je vais m'en occuper, bonne soirée.

David s'éloigne et laisse Marisol prodiguer les soins à Terreur. Cette dernière part du haras sans repasser par le bureau du jeune homme. David se retrouve à dormir dans son bureau. Il enlève sa chemise, son stetson, ses santiags et entreprend de faire un peu de sport avant de se coucher. Il fait des pompes, des tractions et autres exercices, mais s'arrête net lorsqu'il entend un bruit dans le hall du haras et s'aperçoit que son bureau est un peu ouvert. Il attrape un fusil et se précipite dehors. Il remarque qu'un seau a été renversé et il entend des pas sur le gravier. Il court à toute allure et attrape quelqu'un.

— Que foutez-vous ici ? Qui êtes-vous ?

— Vous me faites mal !

— Dre Merino, mais que faites-vous ici, je vous croyais partie !

— J'ai fait demi-tour, j'avais oublié de vous laisser l'ordonnance de Terreur, je voulais vous la déposer, mais… bref, la voilà et bonne soirée.

La proximité avec David rend Marisol nerveuse, cette dernière se débat pour se libérer de l'emprise du jeune homme. Ce qui fait bien rire David.

— Allons, beaucoup de femmes tueraient pour être à votre place à l'heure qu'il est !

— Vous avez vraiment un ego surdimensionné !

— Houla ! J'ai touché une corde sensible on dirait, pourquoi partez-vous si vite ? On a peur ? On s'enfuit ?

Marisol, qui était repartie à sa voiture, fait demi-tour et se plante devant lui.

— Une corde sensible ? Mais quelle corde ? Vous vous regardez dans le miroir des fois, à part pour admirer votre physique ? Non je ne fuis pas, non je n'ai pas peur, mais des hommes comme vous, il y en a à chaque coin de rue :

arrogants, machos, fiers de leur ego, et j'en passe ! Alors peut-être que les gamines de vingt ans qui passent dans votre lit arrivent à se perdre d'admiration pour vous ou que des couguars réussissent à vous avoir dans leurs filets et que cela vous flatte, mais croyez-moi, des jouets comme vous, elles en ont partout ! Si vous n'aviez pas comme nom de famille Wingleton, elles vous zapperaient certainement ! Sur ce, je vous souhaite une bonne soirée !

Marisol remonte dans sa voiture en plantant David, qui repart furieux dans son bureau. Il enfile ses gants et tape sur son punching-ball. Il n'a pas entendu qu'une personne vient de rentrer dans son bureau.

— Elle a un sacré tempérament, la demoiselle !

David arrête, se tourne et fait face à son frère, Nick.

— Pfff, un caractère pourri tu veux dire, tu la veux ? Je te la laisse volontiers !

— Ho non ! Moi j'ai déjà ce qu'il faut à la maison, qu'il s'agisse de caractère ou de femme ! Je me suis battu pour celle-là et crois-moi que c'est pour la vie !

— Oui, je veux bien te croire, Crystal est extraordinaire !

— Ouais… laisse tes yeux traîner sur qui tu veux, mais pas sur ma femme !

Les deux hommes éclatent de rire. David ouvre le frigo pour lancer une bière à son frère.

— En parlant de « ta femme », toujours pas de demande ?

Nick boit une grosse gorgée, se passe la main dans les cheveux, puis il la glisse jusqu'à une poche de son blouson en cuir et en sort un écrin.

— Figure-toi que…

— Non ! Ne me dis pas que c'est…

— Si, c'est bien ce que tu crois, mais je n'ose pas. Je me retrouve comme un gamin face à elle. Elle sait comment me désarmer, cette femme, c'est…

— Oui, je te comprends, mais il faut te lancer ! Putain, je n'y crois pas… mec, tu vas te marier !

— Attends, elle n'a pas encore dit oui. Je sais que ça ne la dérangerait pas qu'on reste comme ça. Mais même avec les tournées, les galas, j'ai décidé de construire quelque chose avec elle !

— Des gosses ?

— Pas encore, du moins pour elle, moi je me verrais bien avec, surtout depuis que j'ai vu ma nièce et mon neveu ! De son côté, je pense qu'elle a eu toute son adolescence gâchée et que pour l'instant elle veut vivre libre. Mais oui, on a déjà abordé la question et elle veut attendre… Mais avec ce mariage, je veux lui apporter une certaine stabilité et lui prouver que c'est pour la vie… Mais j'ai peur qu'elle refuse…

— Allez, ne t'en fais pas ! Ta Crystal est raide dingue de toi et je ne pense pas qu'elle dira non.

— On verra…

Nick et David continuent de discuter tranquillement jusqu'à ce que ce dernier décide d'aller voir Terreur. Nick le laisse en lui souhaitant bonne nuit.

Chapitre 3

Le jour du derby est arrivé et David se retrouve afféré dans les box de l'hippodrome. Il convoque tous les cavaliers et fait le point avec eux. De l'autre côté, se trouve la famille Richards. Parmi eux, Jeff, un héritier un peu plus jeune que David, le regarde en rigolant.

— Alors, Wingleton, tu crois me battre ? Je préviens, j'ai un atout de taille ce coup-ci !

David se rapproche de lui en rigolant également.

— Dis-moi que tu as pris des cours d'équitation !

— Espèce de sale…

Il n'a pas le temps de finir sa phrase qu'une jeune et magnifique femme rentre dans le box et l'interrompt.

— Monsieur Richards, vous devez venir voir un de vos chevaux, je ne pense pas qu'il puisse concourir.

— Marisol, tous mes chevaux vont faire le concours !

David regarde Marisol dans les yeux.

— Vous travaillez pour lui aussi ?

— Monsieur Wingleton, je travaille pour les trois haras de cette ville et oui, le haras de monsieur Richards en fait partie.

— Marisol, je vous ai déjà dit de m'appeler Jeff ! Allez venez, nous avons beaucoup de choses à faire.

David s'en va, mais en partant il jette un coup d'œil et remarque la main de Jeff se mettre au niveau de la nuque de Marisol. Dans sa tête tout se passe très vite.

— Je comprends maintenant ! Elle a un autre héritier en vue ! Toutes les mêmes !

David arrive près de son écurie et encourage tout le monde. Le derby se déroule et il le remporte devant Jeff, qui arrive en deuxième position. Ce dernier est fou de rage, il insulte tout le monde, dont Marisol. Cette dernière rassemble ses affaires pour partir, mais il l'arrête.

— Tu comptes aller où ? C'est de ta faute si j'ai perdu ! Tu aurais dû donner un truc à mes chevaux, des vitamines ou autre.

— Vos chevaux manquent d'entraînement, c'est tout ! Niveau santé, ils sont au top.

— Mais bien sûr ! Un conseil : il va falloir que tu te fasses pardonner, sinon tu peux dire au revoir à notre accord !

— C'est une blague ?

— Que croyais-tu ? Que ça se passerait comme ça ? Mais tu rêves !

Jeff se rapproche de plus en plus près d'elle, mais une voix le fait stopper net.

— Recule-toi, Richards et vite !

— Tiens, tiens, mais qui nous avons là ? James Wingleton ! Comment va ta femme, Nina ? Toujours avec toi ? Je suis preneur, sinon, elle est tellement… hum… Et depuis qu'elle est maman, elle a bien pris de là où il fallait, une vraie bombe !

James s'apprête à lui donner un coup de poing lorsqu'il sent une main sur sa taille. Il se retrouve nez à nez avec sa femme, Nina.

— C'est toi que j'aime et non ce porc !

— Fais gaffe à la façon dont tu me parles et…

— Et toi ne t'avise plus de parler de ma femme dans ces termes !

— Je suis sûr que si le soir où tu avais organisé ce gala de charité, j'avais annoncé la somme de cinq millions, c'est dans mon lit que tu serais !

— Tu aimerais tellement t'en convaincre Jeff, mais tu vois, James a quelque chose dont tu es dépourvu : du charisme. À côté, tu peux te rhabiller !

— Tu n'es vraiment qu'une petite…

Darren et Nick surgissent brusquement et se mettent à côté de lui.

— Ne t'avise pas d'aller plus loin, Jeff !

— Tiens, mais voilà la fratrie au complet ! Alors, tu es sorti de ta cure, Nick ? À ce que j'ai vu, tu t'es dégoté une belle petite ! Bon, je vous laisse, j'ai une magnifique véto qui m'attend ! Quant à toi, Nina si tu changes d'avis…

Le poing de James atterrit dans la figure de Jeff.

— Ne t'avise pas de t'approcher de ma femme et je n'ai pas besoin de mes frères pour me défendre !

Jeff se relève et s'enfuit. Nina se rapproche de son mari.

— Hum, si tu pouvais retrouver cette ardeur dans certains moments… Je n'en serais qu'heureuse !

Nina s'en va, Nick et Darren regardent leur frère.

— Alors James ? On a du mal sur « certains moments » ?

James baisse la tête et regarde ses pieds.

— Depuis la naissance de Cyana, j'ai du mal à voir Nina autrement que comme une mère…

— Ouais, hé bien ouvre les yeux et les deux, car des hommes comme Jeff ne la voient pas comme une mère ! Il n'y a qu'à voir le nombre d'hommes qui se tournent sur son chemin !

— C'est bon…

James et ses deux frères partent rejoindre leur femme et David sort discrètement de sa cachette.

— Je le savais… Le Dre Merino « l'attend » ! Elle est avec lui ! Elle fait sa sainte-nitouche, mais en fait…

David repart vers son équipe et remballe tout pour rejoindre le haras de ses parents. Une fois sur place, il découvre que Marisol est dans le box de Terreur et le soigne. Il attend que ses frères s'éloignent un peu et s'approche de la jeune fille.

— Je ne savais pas qu'il fallait attendre son tour, je peux être le suivant sur la liste ?

— Que dites-vous ?

— Oui, vu que Jeff a droit à vos faveurs, puis-je y avoir droit aussi ? Il y a un test de passage ou une inscription, ça se passe comment ?

Un bruit résonne dans toutes les écuries. Les trois frères de David, qui n'étaient pas loin, arrivent en courant. Leur frère est face à Marisol et se tient la joue. La jeune fille le regarde droit dans les yeux et des larmes commencent à monter.

— Je pensais que vous étiez juste un macho, un coureur de jupons ou autre, mais je me rends compte que vous êtes un enfoiré de première ! Je pense qu'à chaque fois que vous êtes avec une femme, vous ne réfléchissez qu'avec une seule chose et ce n'est pas votre cerveau ! Je ne sais pas ce que la vie vous a fait, mais sachez que toutes les femmes sont différentes ! Vous ne connaissez rien de ma vie et vous vous permettez de me juger… Ne vous inquiétez pas, vous ne vouliez pas signer notre accord, ça tombe bien…

Marisol cherche le contrat dans ses affaires, elle le déchire et le balance au visage de David.

— Gardez-le, je ne veux plus travailler pour vous ! Dan viendra finir les derniers soins de Terreur et vous aidera le temps que trouviez un autre vétérinaire !

La jeune femme salue les autres frères et remonte dans sa voiture pour disparaître dans la nuit. Les frères de David veulent parler, mais ce dernier lève la main.

— Laissez-moi, je vous prie !

Il va s'enfermer dans son bureau, change de chaussures, de pantalon et enfile son blouson de moto. Il attrape les clés et part rouler sans but. Enfin, pas totalement. Il arrive dans un petit bar qu'il connaît bien. En entrant, il voit toutes les femmes se retourner sur lui, elles gloussent et petit à petit, il se retrouve entouré d'une dizaine de femmes. Il en choisit une et lui propose de faire un tour de moto. Après dix minutes de route, il s'arrête dans un coin tranquille et se tourne vers la jeune fille, cette dernière glousse. Elle commence à lui défaire son blouson, mais au moment de poser les mains sur son tee-shirt, il l'arrête.

— Désolé, je ne peux pas…

— Attends, tu es sérieux ? Je ne te plais pas ?

— Si tu es mignonne, mais ce n'est pas ça.

— Tu t'es tapé toutes mes copines et moi… je n'y crois pas !

— Bon, je te ramène.

— Non, laisse tomber. Je viens de me faire humilier par toi, je n'ai pas envie de me faire humilier par mes amies ! Je rentre seule !

La jeune fille descend de la moto et s'approche de la route pour faire du stop. David se prend la tête dans ses mains et soupire.

— Putain ! Pourquoi j'ai réagi comme ça ? En temps normal, je l'aurais prise ici sans autre forme de procès !

David repart en direction du manoir de ses parents, il passe devant la clinique vétérinaire et décide de s'arrêter. Il entre et se retrouve en face de Dan.

— Bonsoir, Monsieur Wingleton, il y a un problème ?

— Je dois voir le docteur Merino.

— Je suis désolé, mais elle n'est pas là, elle a été appelée en urgence chez les Richards.

Dan regarde sa montre et fronce les sourcils.

— D'ailleurs, elle devrait être là depuis longtemps…

David ne dit rien, il salue Dan et s'en va. En montant sur sa moto, son instinct lui dicte d'aller chez les Richards. Il démarre et y va.

Chez les Richards, aux écuries, Marisol se retrouve prise dans un piège orchestré par Jeff. Elle détaille le jeune homme. Ce dernier est grand, mince, avec une cicatrice au niveau du bras. Elle regarde son visage et découvre de grands yeux verts qui l'observent. Mais pas d'une façon dite convenable. On a l'impression que c'est une bête sauvage à qui on n'aurait pas donné à manger depuis plusieurs jours. La jeune femme se retrouve prisonnière dans un box entre un cheval un peu agité, la cloison et Jeff, qui se trouve contre la porte.

— Allons, ma belle, je ne te demande pas grand-chose !

— Laissez-moi passer ! Vous m'avez fait venir en urgence pour me parler de votre cheval blessé, il n'en est rien !

— Tu ne serais jamais venue sinon et tu l'aurais regretté toute ta vie !

Jeff se rapproche de Marisol et pose sa main sur la joue de la jeune fille. De loin et sans le contexte, la scène peut paraître romantique et c'est ce que croit David, qui vient d'arriver au niveau des écuries. Il fait demi-tour et retourne vers sa moto. Pendant ce temps, la main de Jeff commence à descendre vers la gorge de Marisol.

— On va prendre un peu de bon temps tous les deux et tu pourras retourner bosser ! Tu vas voir, si tu es gentille avec moi je sais me montrer très généreux !

— Je crois que vous n'avez pas bien compris mon métier, je suis vétérinaire et non autre chose !

Marisol pousse la main de Jeff et essaie de forcer le passage, mais l'homme a beau être mince, il n'en est pas moins costaud et il la retient de force.

— Hum sauvage ? J'adore !

Il se rapproche de nouveau, Marisol rassemble tout son courage et lui donne un coup de genou entre les jambes. Elle parvient à s'enfuir sous les injures de Jeff. Ce dernier se remet vite et court après elle, sauf qu'il se retrouve face à elle et à un homme.

— Il y a un problème ici ?

— Tiens, Wingleton ! Que viens-tu faire chez moi ?

— Je devais voir la docteure Merino et on m'a dit qu'elle était ici.

— Tu n'as rien à faire sur ma propriété ! Tu dégages ou je te fais arrêter pour effraction !

David sourit et pose un regard noir sur Jeff.

— Appelle-les et je te jure que dès demain, ta famille fait les gros titres des journaux avec ta tête en première page et pour titre : « Le fils des Richards agresse une femme ». Je doute que ça plaise à papa et maman !

— Tu ne connais rien de l'histoire ! Et puis ce n'est pas toi qui vas me faire la morale, vu le nombre de femmes qui défilent dans ton lit ou sur ton bureau !

— Oui, mais moi elles sont toutes consentantes !

Jeff se rapproche de la jeune vétérinaire. Marisol a pour réflexe de reculer et se heurte au torse de David. La jeune femme plonge son regard dans le sien et malgré la rancœur qu'il a contre elle, il ne peut pas la laisser dans cette situation.

— La docteure Merino va rentrer avec moi. Je te conseille de la laisser tranquille.

— Tu vas me le payer David !

Jeff part furieux, Marisol croise le regard toujours noir de David, mais la jeune femme ne peut s'empêcher de remarquer qu'il a de magnifiques yeux noisette.

— Rentrez chez vous et faites attention ! Je vais vous suivre jusqu'à la clinique !

— Merci beaucoup,

David ne dit rien, il va jusqu'à sa moto et attend que Marisol démarre pour pouvoir la suivre. Arrivé devant la clinique, il ne pose même pas un pied à terre et repart au manoir de ses parents. Il entre dans son bureau et se déshabille, reste en boxer et ferme la porte à clé. Il s'installe à son pc et travaille toute la nuit. Le lendemain, lorsque Terrence frappe à la porte de son bureau, David est près de la fenêtre, habillé, en train de boire un café.

— Monsieur ? Dan est là pour les soins de Terreur.

— Très bien, Terrence, dites-lui de venir me voir après.

— Bien, Monsieur.

Dan est dans le box de Terreur et, sous les directives de Marisol, fait les soins au cheval. Il sursaute quand Terrence fait son entrée dans le box. Ce dernier lui explique que David l'attend dans le bureau.

— Je finis les soins et j'y vais, pas de problème.

Une heure plus tard, Dan est dans le bureau de David. Ce dernier le salue et lui remet une enveloppe.

— Pouvez-vous donner ceci au Dre Merino, je vous prie.

— Bien sûr ! Je repasserai demain matin, mais un peu plus tard, si ça ne vous dérange pas. Je sais que ce sera lundi et que vous n'êtes pas ouvert au public le matin, mais…

— Vous comptez passer vers quelle heure ?

— À onze heures, c'est bon pour vous ?

— Je serai dans mon bureau, bonne journée.

Dan sort du bureau et rejoint Marisol à la clinique. Il fait un débriefing sur ses visites du matin et, au dernier moment, lui donne l'enveloppe de David. Elle s'enferme dans son bureau et l'ouvre. Un mot accompagne un gros tas de papiers :

« Bonjour, vu l'état du dernier contrat, je me suis permis d'en faire un nouveau. Il est à l'identique du premier, j'espère que cela vous convient. Je l'ai déjà signé. Faites-en de même et renvoyez-le-moi. Bonne journée. David Wingleton »

Marisol relit le contrat et effectivement c'est le même à un détail près… son salaire a augmenté de 500 dollars. Quand elle sort de son bureau, elle va voir Dan, qui se trouve à l'accueil.

— Demain c'est moi qui vais chez les Wingleton.

— Tout va bien ?

— Oui, ne t'inquiète pas.

Marisol rentre chez elle, des questions plein la tête. Pourquoi a-t-il fait ça ? Elle lui a dit ce qu'elle pensait sincèrement de lui et pourtant, il est venu chez les Richards la tirer d'affaire. Certes leurs échanges sont restés froids, mais il l'a fait. Toute la nuit, elle ne peut que continuer de se triturer l'esprit, si bien que le matin, elle se lève avec des cernes. Son père le remarque.

— Ma chérie, tu travailles trop ! Il faut que tu arrêtes un peu ou que tu lèves le pied !

— Tu sais très bien que je ne peux pas, il te faut des soins et ce n'est pas gratuit !

— Marisol Merino ! Je suis assez grand pour m'occuper de moi tout seul !

— Ha oui et tu comptes faire comment ? Car pour te déplacer OK, mais tu ne bosses pas et l'argent ne tombe pas du ciel.

Marisol remonte dans sa chambre et se prépare pour aller aux écuries chez les Wingleton.

Chapitre 4

David s'est levé de bonne heure, car il doit laver les chevaux. Il s'habille avec un simple jean et ses bottes en cuir noir. Après un bon café, il va dans les écuries et sort le premier cheval pour le laver. À peine le tuyau branché qu'il aperçoit une silhouette non loin de lui, il pense à Dan qui doit venir soigner Terreur. David continue, mais sent la présence se rapprocher de lui.

— Vous pouvez aller dans le box de Terreur et vous en occuper.

Mais lorsqu'il se retourne, David n'est pas face à Dan, mais face à Marisol.

— Je devais vous parler, c'est pour cela que je suis venue ce matin.

— Et que puis-je faire pour vous ?

— Je voulais vous parler du contrat.

— Il ne vous convient pas ?

— Si, mais je ne comprends pas cette hausse de cinq cents dollars.

David continue de laver son cheval, puis d'un coup, pose sa brosse et s'approche de la jeune femme.

— J'ai jugé bon de le faire, au vu de ce que vous faites pour le haras. Vous en faites davantage que Peter.

— Bon, je vous remercie, je vais soigner Terreur.

David ne répond pas et continue de laver son cheval. Quant à Marisol, elle entre dans le box de Terreur et le soigne. Le cheval est un peu plus en forme et la jeune femme décide de le sortir de son box. Elle a un peu de mal à tirer sur le licol, jusqu'à ce qu'une main forte tire et fasse sortir le cheval.

— Merci, Monsieur Wingleton.

— Que voulez-vous faire ?

— Je pensais qu'un nettoyage de son box et qu'un bon coup de jet sur Terreur ferait du bien.

— Oui je ne voulais pas le sortir sans votre avis et…

David arrête de parler, il entend qu'on l'appelle. D'un coup de tête, Marisol lui montre une jeune fille. Elle doit avoir à peine dix-huit ans.

— David ? Je peux te voir ?

— Carlista ? Mais tu n'as cours que cette après-midi, nous sommes fermés le matin et en plus, ton entraîneur n'est pas là.

La fameuse Carlista lui fait des yeux de biche et commence à se déplacer vers lui d'une démarche très aguicheuse.

— Ce n'est pas mon entraîneur que je viens voir, c'est toi.

— Bon, va dans mon bureau, j'arrive !

David s'excuse auprès de Marisol et part dans son bureau. Il découvre Carlista assise sur son bureau avec la robe un peu trop remontée.

— Que me veux-tu ?

— Ma mère m'a raconté certaines de tes prouesses et pas hippiques, si tu vois ce que je veux dire.

— Ça ne te regarde pas, Carlista !

— Ho que si, car moi aussi j'aimerais avoir le même « forfait » que ma mère !

— Non, mais ça ne va pas ! Tu as à peine dix-huit ans !

— Ce n'est que l'âge qui t'embête. On sait toutes que tu les préfères plus vieilles, mais des fois il y a des extras et puis, qui sait, je suis peut-être la bonne ! Je suis peut-être là car je suis amoureuse de toi, tu n'en sais rien !

— Toi, amoureuse ? Arrête, Carlista, tu descends de mon bureau et tu t'en vas tout de suite !

Il s'approche dans le but de l'éloigner de son bureau. La jeune femme attend que David soit assez près et enroule ses jambes à la taille de ce dernier.

— Tu sais, je suis loin d'être novice. Crois-moi que je sais en faire des choses…

La porte du bureau de David s'ouvre à la volée, avec une Marisol à la fois affolée et à la fois dégoûtée de la scène qu'elle voit. Elle repart en claquant la porte. David jure.

— Merde ! Carlista, tu dégages maintenant ! Ton cours est à quatorze heures, point final !

David se dégage de la jeune femme et sort de son bureau. Il retrouve Marisol penchée sur Terreur. Ce dernier est très nerveux.

— Que se passe-t-il ?

— Ne vous inquiétez pas, je gère. J'ai vu que vous étiez occupé !

— Ma parole, je vais vraiment finir par croire que vous êtes jalouse !

— Jalouse ? D'une gamine de dix-huit ans ou d'un coureur de jupons ? Aucun des deux, je vous assure !

— Bon, en attendant, là, c'est vous qui faites la gamine ! Que se passe-t-il avec Terreur ?

Le sérieux et le professionnalisme de David apaisent Marisol et cette dernière explique qu'elle a eu du mal à calmer le cheval lorsqu'elle a ouvert le jet d'eau. David sourit.

— Oui, Terreur n'est pas fan du jet, d'habitude on le fait avec des seaux, c'est ce que je voulais vous dire avant que Carlista n'arrive.

— D'accord, dans ce cas je vous laisse avec lui.

Marisol récupère ses affaires et s'en va. David la rattrape.

— Vous me voyez vraiment comme un coureur de jupons ?

— Monsieur Wingleton, votre vie privée ne me regarde pas, mais si vous me le demandez… Oui, c'est comme ça que je vous vois et vous ne pouvez pas le nier. Vous me faites penser à un marin qui a une femme dans chaque port, sauf que vous, c'est une chaque jour dans votre bureau. Mais encore une fois, vous faites ce que vous voulez. Bonne journée.

David ne dit rien et la laisse partir. Il se passe la main dans les cheveux et va continuer de laver les chevaux.

En fin de matinée, Darren vient le voir.

— Salut ! Tu vas bien ? Tu as l'air pensif…

— Darren, sois franc, comment me vois-tu ?

— Heu… beh tu es mon frère, tu es une personne super et…

— Non, non, avec les femmes ?

Darren laisse échapper un « ha » et sourit.

— Disons que tu as un beau palmarès ! Tu es un don Juan invétéré ! Elles sont toutes à tes pieds, après fais gaffe qu'elles ne te passent pas la corde au cou ! Ce n'est pas le genre de filles qu'on épouse dans la famille ! Mais pourquoi cette question ?

— Je me demande si je ne devrais pas faire comme vous, me caser…

— Je ne suis pas sûr que ce soit fait pour toi !

— Regarde, Nick s'est bien casé !

— Oui, mais Crystal est de son milieu et elle est hors du commun !

— Donc moi je ne peux pas trouver une femme comme ça, c'est ça ? Laisse tomber !

David monte sur son cheval et s'en va au galop en laissant Darren dubitatif. Ce dernier remonte au manoir et explique ça à James et Nick. James et Darren se mettent à faire plein de suppositions, mais Nick se met à rire. James le regarde.

— Qu'est-ce qui te fait rire ?

Nick allume une cigarette et s'approche de l'immense baie vitrée du manoir.

— Je pense que la petite véto n'y est pas pour rien, elle le remet à sa place à chaque fois ! Je pense qu'il doit être en train de réaliser qu'elle n'a pas tort et en plus, le charme de la docteure ne doit pas y être pour rien ! Il faut dire ce qu'elle n'est pas mal et… pourquoi vous faites cette tête ?

Darren et James écarquillent les yeux et montrent quelqu'un derrière Nick. Ce dernier a juste le temps de voir une chevelure rose partir.

– Crystal ! Putain !

Ses deux autres frères le regardent.

— Ha oui, vanter les mérites d'une autre femme devant la sienne c'est chaud mec ! Bon courage !

Nick s'élance à la poursuite de Crystal, cette dernière est déjà sur sa moto.

— Crystal ! Attends !

— Désolée, je dois prendre l'air !

— Attends, tu me fais une crise là ou je rêve ?

— C'est toi qui dis ça ? Le mec qui serre les dents quand je dis bonjour à Darren ?! Lâche ma moto, Nick !

— Tu n'as qu'à bouder, c'est toi qui reviendras vers moi !

Crystal lance un regard noir à Nick.

— Tu as l'air bien sûr de toi ! Adieu Nick !

Crystal démarre en trombe et plante le jeune homme. Ce dernier balance ses mains et va aux écuries, il selle son cheval et part à la cabane. Arrivé devant, il voit le cheval de son frère, il entre et voit ce dernier assis sur la terrasse avec une bière. Il en prend une et le rejoint.

— Une femme ?

David le regarde et fait un signe « oui » de la tête.

— Bienvenu au club !

— Crystal ? Mais que s'est-il passé ?

— Je crois que j'ai fait une connerie, j'ai vanté les atouts de la véto et Crystal est arrivée…

— Tu es con, toi ! À ne jamais faire devant une autre femme. Et que s'est-il passé ?

— Elle s'est barrée ! Pff, elle va faire un tour de moto et revenir, c'est ce que je lui ai dit !

— On parle de Crystal, elle est aussi têtue que toi, mec !

— Bon, et toi ?

— Je suis un peu paumé ! Tu vois, je me demande si maintenant, je ne devrais pas arrêter de courir après les gonzesses et me consacrer à une seule, la bonne.

— C'est sûr que maintenant, tu devrais, tu as la trentaine… après je ne vais pas te dire ce que tu dois faire, car je crois que si tu en es là, c'est qu'une certaine demoiselle a déjà dû te remettre les pendules à l'heure, non ?

— Je dois dire qu'elle a le don pour me remettre à ma place et m'agacer au plus haut point !

— Et d'après toi, elle a raison ou pas ?

— Pfff, je ne sais pas…

Nick se lève et finit sa bière d'un coup.

— Tu sais quoi ? Ce soir, on sort ! Que tous les deux !

— Mais Crystal ?

— Crois-moi qu'elle sera dans mon lit ce soir !

David le regarde sérieusement en disant à son frère qu'il devrait faire attention au caractère de Crystal. Ce dernier rigole et ils repartent en direction des écuries.

Du côté de Marisol, elle n'arrête pas. Entre les haras, les particuliers et son père qu'elle essaie de gérer, c'est très dur. Lorsqu'en fin de journée elle rentre chez elle, elle s'effondre sur le canapé. Son père arrive.

— Je te l'avais dit : tu travailles trop !

— Papa... s'il te plait, pas de leçon de morale ce soir, je suis épuisée !

— Ha, mais tu ne vas pas au lit, tu dois aller te changer. Ce soir, tu sors !

— Quoi ?

— Oui, il y a la voisine et accessoirement ton amie, Sonia, qui est passée aujourd'hui.

— Que voulait-elle ?

— Te voir, apparemment tu lui as emprunté un bouquin ou je ne sais quoi.

— Oui, c'est exact, je vais aller le lui rendre de ce pas !

Marisol ne laisse même pas son père finir qu'elle est déjà dans la rue pour aller chez la voisine. Lorsqu'elle sonne, c'est une Sonia pleine d'énergie qui vient lui ouvrir.

— Salut, Marisol, tu t'es enfin décidée ?

— Heu... je viens te rendre ton bouquin.

— Ha oui, cool ! Bon sinon tu viens à la soirée avec nous ?

— Quelle soirée ?

— Ton père ne t'a rien dit ?

— Il m'a dit que je sortais ce soir, mais j'ai cru que c'était pour te ramener le livre, rien de plus… Je suis fatiguée et…

Sonia attrape Marisol par le bras et l'oblige à rentrer.

— Ton père m'a dit que tu ne bossais pas demain matin ! Donc ce soir, on sort !

— Sonia…

— Marisol ! Je suis ta voisine depuis quatre ans, tu as toujours eu le nez dans tes bouquins ! Oui, tu l'as eu ton diplôme et tu as même un boulot, alors tu as le droit de t'éclater un peu ! En plus je t'emmène dans un bar espagnol !

— Bon… je vais me changer et…

— Non tu vas le faire ici, ta garde-robe n'est pas fameuse ! Et puis tu serais capable de me planter et de te mettre au lit !

Sonia traîne Marisol à la douche et ensuite l'aide à s'habiller avec une magnifique robe digne des plus grandes danseuses d'Espagne. Les deux femmes partent en direction du bar. Sur place, elles retrouvent Dan, le collègue et ami de Marisol, et le copain de Sonia, Vincent.

— Bon, on est là pour s'amuser et pour que Marisol lâche son boulot, un peu !

Marisol regarde Sonia.

— Bon… mais juste ce soir !

Une fois dans le bar, Marisol et ses amis s'installent à une table et l'ambiance rappelle à la jeune femme son pays d'origine. Elle se détend petit à petit et écoute la musique.

— Je savais que ça te plairait !

Marisol regarde Sonia et sourit. D'un coup, elle entend un homme l'appeler par son prénom.

— Marisol ? Marisol Merino ?

Marisol se retourne et voit une bande composée de trois garçons et une fille. La jeune femme a les yeux qui se remplissent de larmes. Elle se lève et les embrasse, puis elle se tourne vers la table de ses amis, qui ne comprennent plus rien.

— Sonia, je te présente mes cousins et ma petite cousine ! Il y a Alanzo, Felippe et Javier, puis Raquel.

Javier, un jeune homme de vingt-cinq ans, grand, le teint un peu halé et avec un accent bien espagnol, regarde Sonia.

— Enchanté, mademoiselle.

Vincent prend la main de Sonia et regarde Javier. Ce dernier s'incline.

— Toutes mes excuses, je pensais que cette demoiselle n'était pas prise ! Dans ce cas, elle restera une amie et rien de plus. Dans notre clan, le respect est le plus important !

Vincent le remercie et Sonia questionne Marisol du regard. Cette dernière regarde son amie.

— Oui, à la base je suis une bohémienne. Avant de venir étudier aux États-Unis, j'ai vécu dans un clan. Et toute ma famille est comme ça.

— Mais pourquoi tu ne me l'as pas dit plus tôt ?

— Car ça le fait mal de dire auprès des riches d'ici que leur véto est une gitane !

Javier s'interpose et se place devant Marisol.

— Je ne suis pas d'accord. C'est tes racines, tu ne dois pas les renier. Si les bourges d'ici ne comprennent rien, alors c'est que tu ne dois pas travailler pour eux !

Sonia se lève et se rapproche de Marisol.

— Ton cousin a raison, ce sont tes racines et je suppose que ta mère en était une…

— Ho oui, la plus belle de la famille !

— Alors, lève la tête et sois fière de ce que tu es ! N'en déplaise à ces bourgeois !

Javier regarde Vincent.

— Heureusement que c'est ta femme… elle a l'air d'avoir un sacré tempérament !

— Oui, un sacré caractère, mais je l'aime !

Marisol et Sonia rigolent et les deux femmes s'élancent sur la piste de danse, sous les yeux d'un homme qui, depuis le début, n'en perd pas une miette.

Chapitre 5

David vient d'arriver avec son frère au nouveau bar à la mode du centre-ville. Il se situe juste en face du bar de bikers où Nick va d'habitude. Les deux hommes entrent dans le fameux bar. Nick se penche vers lui.

— Il n'y a pas mal de petits lots ici !

— Déjà, je t'ai dit que je ne voulais plus de cette vie-là et ensuite... tu n'es pas censé demander Crystal en mariage, toi ? Mais attends... si tu réagis comme ça, c'est que tu as... peur ! Mais oui, le fait de la demander en mariage te fait peur !

— Tu ne peux pas le gueuler encore plus fort ? Oui, je panique et alors ?

— Et tu crois que c'est en regardant d'autres femmes ou en décrivant leurs charmes que le trac va te passer ? La seule chose que tu risques, c'est de la perdre. Elle a un tempérament de feu et t'aime plus que tout, mais avec ce qu'elle a vécu, je ne pense pas qu'elle veuille retourner dans un truc compliqué...

— C'est bon, tu as fini ta leçon de morale ? Tu crois que je ne le sais pas ?

David baisse un peu le ton et regarde Nick.

— Bon, on y va dans ce bar ? Il y a de l'ambiance apparemment !

— Oui, c'est un bar espagnol !

Lorsque les deux jeunes gens rentrent, les yeux de David sont directement attirés sur une table à laquelle il aperçoit Marisol. Nick lui passe la main devant les yeux.

— La terre appelle David !

Ce dernier lui tape la main en lui disant qu'il est idiot et ensuite ils éclatent de rire. Ils assistent également à l'arrivée des cousins et de la cousine de Marisol, puis aux explications sur ses origines. David regarde Marisol s'élancer sur la piste de danse avec son amie. Il n'arrive pas à la quitter des yeux, il entend juste Nick lui souffler à l'oreille :

— Pas mal !

David sursaute, il tape sur l'épaule de son frère en souriant et en haussant les sourcils. Nick le pousse à aller danser.

— Arrête tes conneries, je ne vais pas danser !

— Attends, tu es le seul à avoir été en école privée et à avoir été obligé de faire de la danse et de l'escrime ! Que ça te serve, au moins !

Nick se lève et le pousse sur la piste, David se heurte à Marisol.

— Monsieur Wingleton ?

— Mademoiselle Merino, je suis désolé de vous avoir bousculée.

— Ce n'est pas grave, je suis juste surprise !

— Surprise ?

— Oui, de vous voir dans ce genre de bar !

— Et pourquoi donc ?

— Je vous voyais plus dans un bar branché au cœur de la ville, et non dans ce petit bar !

— Désolé de vous décevoir !

— Ha, mais pas du tout, vous faites ce que vous voulez ! Je disais juste que je doute que ce genre d'ambiance puisse être pour vous !

Marisol allait repartir, mais David l'attrape par la main. La jeune femme le regarde avec beaucoup d'étonnement. Nick s'approche des musiciens et se joint à eux. Une musique résonne dans le bar et David entraîne Marisol dans un flamenco assez sensuel. Cette dernière, un peu réticente au début, va jusqu'au bout, jusqu'à finir sa jambe enroulée autour de la taille de David et son visage très proche du sien. Le jeune homme enlève une mèche de cheveux des yeux de la jeune femme et s'approche de son oreille.

— Ne me mettez jamais au défi, ma chère Marisol, je gagne toujours !

David n'a pas le temps de se détacher de la jeune femme que quelqu'un s'en charge pour lui.

— Que fais-tu avec ma cousine, *gadjo* ? Lâche-la directement !

Javier attrape sa cousine par la taille et regarde David méchamment. La jeune fille s'interpose entre David et son cousin.

— Javier, laisse le tranquille ! Il n'a rien fait de mal !

— Rien fait ? Mais il a posé ses mains sur toi, Marisol ! Ce n'est qu'un *gadjo* et...

— Et quoi ? Ici, nous sommes aux États-Unis ! Nous ne sommes pas à la maison et dans ce pays, il n'y a pas de mal à faire ça !

— C'est hors de question, tu n'es pas d'ici et chez nous, dans notre clan...

— Je ne veux plus en entendre parler.

David pose sa main sur l'épaule de Marisol.

— Ne vous brouillez pas avec votre famille, ils ont raison, nous ne venons pas du même univers !

Marisol se tourne vers le jeune homme, elle est déconcertée par ce qu'il vient de dire, mais croit comprendre.

— Oui, je vois ! Effectivement, un fossé nous sépare !

Marisol prend ses affaires et quitte le bar en colère. Ses amis et sa famille la suivent. David repart vers Nick en se demandant ce qu'il a encore fait.

— Les femmes, un grand mystère, mon cher David !

Les deux hommes sortent après avoir bu quelques verres. David regarde vers le bar de bikers et aperçoit une jeune femme qui les regarde. Nick se retourne également.

— Mais... c'est Crystal !

Crystal ne dit pas un mot et rentre dans le bar. David prend congé de Nick pour rentrer au manoir, et ce dernier entre dans le bar. Il voit la jeune femme sur scène, en train de chanter et de danser. Il voit également les hommes en train de la solliciter. Il décide de s'installer au bar et voit Kate et Anaïs.

— Que faites-vous ici, les filles ?

— Bonjour Nick ! Nous sommes là car Crystal nous a appelées...

— Je suppose qu'elle vous a raconté...

— Oui, pas très jolie votre dispute. En plus tu crois quoi ? Qu'elle va venir te manger dans la main ?!

— Je n'ai jamais dit ça, mais elle reviendra, c'est tout !

— Crystal n'est pas comme l'une de tes ex et tu devrais t'en souvenir !

Nick ne dit rien et regarde Crystal sur scène. Il remarque que cette dernière a de nouveau les cheveux blonds et il lui semble même qu'elle a un tatouage.

— Elle s'est fait un tatouage ?

— Ha nous, on ne dit rien, tu verras plus tard !

Pendant ce temps David rentre au haras. Il ne comprend pas la réaction de Marisol, il espère avoir une explication au plus vite.

— Monsieur ! Monsieur !

Terrence le sort de sa rêverie, il voit l'homme arriver en courant.

— Qu'est-ce qu'il y a, Terrence ?

— C'est Terreur, il est très énervé ; il tape partout dans son box, je n'arrive pas à le calmer.

David enlève son blouson et remonte sa chemise. Il court au box et s'aperçoit que le cheval est hors de contrôle. Il attrape son téléphone.

— Allô ? Dre Merino, nous avons un problème. Terreur est hors de contrôle, il tape partout dans son box…. Vous arrivez ? Merci.

Il raccroche et au bout de dix minutes, Marisol arrive. Cette dernière n'a pas eu le temps de se changer et est toujours en habits de soirée.

— Où est Terreur ?

— Hein ? Heu... Oui, il est dans son box !

David est très troublé d'un coup. Il faut dire que dans le bar, il faisait un peu plus sombre, mais là, il la voit à la lumière, les cheveux défaits et ondulés jusqu'aux reins. Ils sont noirs comme l'ébène et David remarque également la beauté des yeux verts de la jeune fille. Le jeune homme revient à la réalité quand il voit la jeune femme s'approcher du box. Terreur vient de casser le verrou et s'apprête à se cabrer sur Marisol. David se jette sur la jeune femme et la pousse sur le côté en roulant par terre avec elle. Lorsqu'elle ouvre les yeux, elle remarque qu'elle est presque à califourchon sur David et que leurs visages sont proches. Elle se relève très vite et bafouille, David sourit.

Terreur essaie de s'enfuir. Marisol part d'un pas décidé vers sa voiture et revient avec une mallette. Elle en sort un fusil, met une fléchette de tranquillisant dedans et regarde David.

— Allez près de lui avec Terrence, ça va être très rapide et il ne faut pas qu'il se fasse mal en tombant.

Marisol vise le cheval et tire. La fléchette atteint la cuisse de Terreur et ce dernier s'écroule par terre. David et Terrence le rattrapent comme ils peuvent avec les rênes. Une fois l'animal endormi, David se rapproche de Marisol.

— Mais pourquoi est-il dans cet état-là ?

— Je ne sais pas, je vais l'examiner.

David part calmer les autres chevaux et revient très vite quand Marisol l'appelle.

— Je pense que Madame Lewing a dû revenir !

— Pourquoi dites-vous ça ?

Marisol montre une trace de piqûre suspecte sur le cheval à David.

— Mais c'est impossible, je ne l'ai pas vue de la journée !

Terrence intervient à ce moment-là.

— Oui, elle n'était pas là, mais sa fille, oui. Carlista est venue aujourd'hui !

Marisol secoue la tête et range ses affaires en regardant David avec dépit.

— Si vous ne voulez pas perdre vos chevaux, je vous conseille de régler vos « petites affaires » privées ! Bonne soirée, messieurs !

Marisol remonte dans sa voiture et commence à partir, mais elle se retrouve face à David devant. Elle descend.

— Vous m'avez déjà fait ce coup-là et cela s'est très mal fini !

— Je veux des explications !

— Sur quoi ? Sur votre vie privée ? Sur le fait que vous êtes un coureur de jupons ? Heu... c'est vous qui pouvez y répondre, pas moi !

— Je ne parle pas de ça ! Ce que vous m'avez dit au bar m'a laissé perplexe et j'aimerais que vous m'éclairiez !

— Il n'y a rien à rajouter. Vous l'avez dit vous-même, nous ne venons pas du même univers ! Vous venez d'une famille riche et moi, je ne suis qu'une bohémienne qui a réussi à faire des études ! Ne faites pas le surpris, je suis sûr que vous avez entendu mes cousins en parler !

— Je ne vais pas jouer le surpris. Oui, je l'ai entendu, mais vous vous trompez sur moi. Certes nous sommes différents dans notre vie privée, mais jamais je n'oserais vous comparer à moi sur ce plan-là ! Oui, j'ai eu de la chance de naître dans une bonne famille et maintenant je continue à me faire tout seul. Oui, vous êtes une bohémienne, et alors ? Vous avez réussi à faire des études et à devenir vétérinaire à vingt-six ans, c'est vraiment super comme parcours !

— Vous connaissez mon âge ?

— Je sais beaucoup de choses ! Ne m'en voulez pas, mais je me suis énormément renseigné sur plein de choses vous concernant. Attention, tout en restant dans le respect, mais comprenez-moi, je suis un Wingleton et je vous ouvre ma porte tous les jours, ce serait si simple de prendre des informations et d'essayer de détruire ma famille. Beaucoup en rêveraient, croyez-moi !

— Dans ce cas, je comprends.

— En aucun cas je ne parlais de l'aspect financier ou des études, je parlais seulement de l'aspect privé.

Marisol ne dit rien, mais regarde David dans les yeux. Le jeune homme est transpercé par le regard de la jeune femme. Les yeux verts de Marisol montrent sa détermination, mais également une grande vulnérabilité face à l'homme devant elle. La droiture de David la fait frémir. Elle coupe ce moment et retourne vers sa voiture.

— Marisol ? Qui êtes-vous vraiment ? Dès que je vous regarde... je me sens différent...

Marisol rigole et se retourne pour croiser de nouveau le regard de David.

— Vous savez, je viens d'un clan de bohémiens... peut-être que je vous ai lancé une malédiction !

David s'avance vers elle en souriant, il plonge son regard au plus profond d'elle.

— Dans ce cas je vais accepter cette malédiction. Elle va me faire mal, je sais que je vais en souffrir, m'y perdre, devenir fou, mais au fond de moi, ce sera délicieux !

— Quoi ? Je ne comprends pas du tout vos allusions.

— Moi je les comprends, Marisol et c'est le principal. Rentrez chez vous et reposez-vous.

David lui frôle la main et repart vers les écuries. Marisol a du mal à expliquer ce qui vient de se passer. Elle monte dans sa voiture et rentre chez elle. Une fois sa douche prise, elle se glisse dans son lit et s'endort en repensant aux paroles de David. Ce dernier est d'ailleurs en train de faire de même de son côté, mais lui n'est pas dans son lit. Il est sur son cheval au milieu de la propriété de ses parents et pense à tout ce que Marisol lui a dit depuis le début sur sa vie privée, mais surtout il ne peut s'enlever de sa tête les courbes de la jeune femme, ses yeux, sa bouche, son regard...

Chapitre 6

Ce matin, Marisol s'approche du haras des Richards et elle a une pointe à l'estomac. Elle ne veut vraiment pas y aller. Quand elle y rentre, elle voit Jeff qui lui fait un large sourire. Elle n'y répond pas et se plonge dans son travail. Au bout d'une heure, un employé lui indique que Jeff l'attend dans son bureau et que c'est urgent. Marisol rassemble son courage et y va. Lorsqu'elle rentre, elle voit l'homme appuyé à son bureau. Il lui fait signe de s'asseoir.

— Je préfère rester debout !

— Comme tu veux ! Bon, cette aprèm, il y a une course entre les haras du coin.

— Je le sais, c'est pour ça que je suis passée ce matin. Je vais d'ailleurs y aller, car je n'ai pas que vous à voir !

Marisol allait partir, mais Jeff se met entre elle et la porte puis la coince contre le mur.

— Je te déconseille de te débattre, la miss ! Pourquoi l'autre Wingleton aurait droit à une danse chaude et pas moi ! Oui, je vous ai vus hier soir au bar !

— Nous avons dansé et rien d'autre ! Cela ne vous regarde pas, laissez-moi passer !

Jeff la plaque plus fort contre le mur et se rapproche de plus en plus d'elle. Comme l'autre fois, elle essaie de lui remettre un coup de genou, mais cette fois Jeff est plus rapide et lui met une gifle au passage. Marisol arrive à se dégager et part en courant en se tenant la joue et en pleurant. Lorsqu'elle arrive au cabinet, elle raconte tout à Dan.

— J'y vais ! Il va voir que...

— Non... il va rompre le contrat sinon... je ne peux vraiment pas me le permettre...

— Bon OK, mais c'est moi qui y vais désormais !

Dan ne dit plus rien et Marisol part s'enfermer dans son bureau. L'après-midi, elle se maquille, se met un foulard et se rend à l'hippodrome. Elle y retrouve les trois grandes familles pour qui elle travaille, les Richards, les Carliste et les Wingleton. Après avoir fait le tour chez les Carliste, elle va chez les Wingleton. David la voit et fronce les sourcils.

— Vous allez bien ?

— Oui, oui, ne vous inquiétez pas. Je vais voir les chevaux.

David la suit et, une fois qu'elle enlève son foulard, il remarque la joue rouge de la jeune fille. Il s'approche et son regard devient sérieux. Il l'attrape par le bras et montre sa joue.

— Qui ?

— Je ne vois pas ce que vous voulez dire, lâchez-moi !

David garde son regard froid, mais la lâche. Il la regarde faire son boulot et partir vers les stands des Richards. Darren, Nick et James se rapprochent de David.

— Que se passe-t-il ? On t'a vu avec Marisol.

— Elle a un problème, sa joue est toute rouge et gonflée.

— Tu crois que quelqu'un l'a frappée ?

— Oui et je crois savoir qui !

David se précipite vers le stand des Richards. Ses frères décident de le suivre. Marisol fait le tour des chevaux et se retrouve une nouvelle fois à la merci de Jeff.

— Je n'aime pas frapper les femmes d'habitude, mais on va dire que tu es très coriace toi !

— N'essayez même pas de faire quoi que ce soit ou je crie !

— Si tu cries, je peux te promettre que tu oublies notre collaboration. Je te demande juste un baiser, ma belle.

Jeff se rapproche de plus en plus de la jeune femme. Cette dernière commence à vouloir se défendre, mais Jeff rigole.

— Ce serait dommage de devoir te marquer de l'autre côté.

Il se rapproche un peu plus, mais avant qu'il ait pu la toucher, il se retrouve à terre en hurlant et se tenant la mâchoire. Il relève la tête et croise le regard noir de David.

— L'emmerder ne te suffit plus, il faut également que tu la harcèles et que… tu la frappes !

D'instinct, Marisol se rapproche de David et ce dernier la met derrière lui tout en continuant de regarder Jeff.

— Tu me dégoûtes au plus haut point !

Jeff rigole.

— Arrête, je suis sûr qu'elle aime qu'on la secoue un peu !

— Ne t'approche plus d'elle, je te le conseille !

— Sinon quoi ?

Jeff se relève et défie David du regard. Ce dernier ne baisse pas les yeux et s'approche de Jeff.

— Sinon tu risquerais de le regretter durant longtemps et crois-moi que ce ne sera pas une simple cicatrice au bras que je te ferais !

— Pfff, je te laisse cette trainée, je ne veux plus la voir chez moi et...

Jeff ne peut pas finir sa phrase qu'une bagarre éclate entre lui et David. Les coups de poing volent, les coups de pied également. Du côté de David, Darren et Nick arrivent pour le retenir et des amis de Jeff font pareil de leur côté. David est hors de lui et demande à ses frères de le lâcher, mais rien n'y fait. Il se secoue pour se défaire lorsque dans son champ de vision, il aperçoit Marisol, des larmes plein les yeux.

— Arrêtez... je vous en prie, il n'en vaut pas la peine...

David se calme, se redresse et regarde Jeff dans les yeux.

— Ne t'avise plus de la toucher une seule fois ou... je te tue !

David fait demi-tour et repart à son stand, Nick et Darren se regardent en souriant, surtout en voyant Marisol courir après David. Elle le rattrape et s'avance près de lui.

— Je vous remercie beaucoup.

— C'est normal, il n'a pas à vous faire ça, c'est inadmissible !

— Vous n'étiez pas obligé de vous battre...

— Je le sais, mais... Marisol, il n'a pas à vous frapper, aucun homme ne doit lever la main sur vous !

Marisol le remercie une nouvelle fois et s'en va de l'hippodrome. Les frères sont retournés près de David et lui suggèrent d'aller voir Marisol.

— Oui, mais la course va commencer et...

— Nous n'avons peut-être pas la même expérience que toi, mais je te rappelle que nous sommes tous nés dans le haras !

David sourit et court dans la direction de Marisol. Il la trouve sur le parking.

— Marisol !

La jeune femme s'arrête brusquement et se retourne.

— Dav... Heu Monsieur Wingleton ? Que voulez-vous ?

— Pourquoi partez-vous ?

— J'ai fini mon travail ici. Je préfère rentrer !

— Moi, je ne veux pas !

— Pardon ?

— Marisol, restez ici avec moi aujourd'hui, j'ai besoin de vous pour les chevaux.

Marisol sourit et se rapproche de David.

— Vous n'avez pas besoin de moi pour les chevaux, vous vous débrouillez très bien et vos chevaux sont en bonne santé !

— De quoi avez-vous peur ? Que je lève la main sur vous ?

— Non, je sais que vous êtes un coureur de jupons, mais je doute que vous leviez la main sur une femme.

— Arrêtez de dire que je suis un coureur de jupons ! Oui j'ai eu des conquêtes, mais... peut-être que je cherchais la bonne, c'est tout !

— Et vous en êtes où dans votre recherche ?

David regarde Marisol et lui sourit.

— Je pense que je suis sur une piste, mais comme ça a l'air de vous intéresser, promis dès que je suis fixé, vous serez au courant !

— Hein ? Non, mais je ne vous ai jamais dit ça, vous faites ce que vous voulez ! Après, faites attention... beaucoup de femmes sont malhonnêtes et profitent.

— Et vous comptez me les montrer ? Vous voulez être mon coach ?

Marisol est toute gênée, elle devient toute rouge et voit David exploser de rire. Elle tourne les talons et ouvre sa portière de voiture. Cette dernière se retrouve bloquée dans les mains viriles de David. L'homme se penche à l'oreille de Marisol.

— En plus, mon style de femme, ce sont les brunes au cheveux noirs, yeux verts, minces, du charme en toute circonstance, un petit accent, la passion des chevaux et un certain talent pour la danse.

Marisol rougit de plus belle et se tourne vers David :

— Les femmes que vous décrivez ne cherchent pas un amant d'une nuit. Elles ont besoin d'un homme, un vrai, qui soit fidèle, qui les épaule chaque jour, qui les soutienne, qui les comprenne. Je vous souhaite une bonne journée, Monsieur Wingleton.

David relâche la portière et laisse Marisol monter dedans puis la voit s'éloigner.

— Bonne journée, Marisol.

La journée se passe et David ne peut s'empêcher de penser à la jeune femme. Même en plein repas de famille, alors que sa mère annonce quelque chose.

— David, tu peux revenir parmi nous s'il te plait ?

Darren le regarde et rigole :

— Il est parti loin en Espagne !

David lui envoie un regard noir et quitte la table, sa mère le suit jusqu'à dehors.

— David ? Mais que se passe-t-il, mon grand ? Qu'est-ce que c'est que cette histoire ?

— Rien, maman !

David tente de s'éloigner, mais il est très vite rattrapé par la voix de sa mère.

— David Wingleton, tu vas revenir ici et m'expliquer !

David fait demi-tour. Il arrive en face de sa mère et lui explique :

— C'est à cause d'une femme, rien de plus !

— Je suppose que c'est la jeune et jolie vétérinaire !

— Oui, c'est elle. Je ne sais pas ce qui se passe, mais quand je suis près d'elle, j'ai l'impression d'être un autre homme.

— Serais-tu en train de tomber amoureux ?

— Moi ? Non ! Je suis juste différent !

David laisse sa mère et va vers les écuries. Il va de box en box en errant et en repensant à ce que lui a dit Marisol. Il ne peut s'empêcher de se dire qu'elle a raison. Il doit se ranger, arrêter de conter fleurette à d'autres femmes.

Les jours passent et David ne voit pas Marisol, c'est Dan qui fait les soins de Terreur. David se risque quand même à lui demander où est la jeune femme.

— Ne vous inquiétez pas, elle a beaucoup de travail.

— D'accord...

Dan voit bien que David a l'air préoccupé.

— Ne vous inquiétez pas, de toute façon vous la voyez ce soir !

— Ce soir ?

— Oui, votre mère organise une soirée et elle est invitée.

— Ha d'accord, je ne savais pas. Merci pour l'info.

Dan sourit et part de la propriété. David décide de se changer et de faire le ménage dans l'écurie avec ses employés. En fin de journée, tandis que David finit de laver le hall des écuries, une voix féminine l'arrête.

— Vous allez bien ?

David sourit et se tourne vers la jeune femme, qui n'est autre que Marisol.

— Bonjour, Marisol. Je vais bien, merci. Et vous ?

— Oui, je venais juste vous voir pour vous dire que Terreur a fini ses soins, il va juste falloir attendre une semaine supplémentaire avant de le monter.

— Pas de soucis, je le laisserai au repos.

— Bon... Je vais vous laisser.

— Oui, de toute façon nous nous verrons ce soir !

— Ha oui, votre mère m'a invitée... Je ne sais pas si je vais venir, je...

— Vous feriez une terrible erreur, hormis celle de vexer ma mère. Vous louperiez plein d'opportunités professionnelles ! Beaucoup de personnes seront là ! Et donc des potentiels futurs clients !

— Je ne sais pas...

— Et je serai là !

Marisol rigole, elle sourit et dit qu'elle sera là. Au moment de partir, le talon de sa chaussure se prend dans le tuyau d'arrosage et elle glisse. David lâche ce qu'il fait et court vers Marisol pour la rattraper de justesse. Il se retrouve au-dessus d'elle, à genoux, en lui tenant la taille alors qu'elle est assise par terre. Elle relève la tête et plonge dans les yeux de David.

— Merci... Décidément, en ce moment, je vous remercie beaucoup...

— Cela ne me dérange pas du tout !

Le visage de David se rapproche davantage de celui de Marisol. Les lèvres du jeune homme se rapprochent de plus en plus, jusqu'à toucher celles de Marisol. La jeune femme, réticente au départ, accepte le baiser. Les deux jeunes gens s'embrassent de plus en plus, mais Marisol pose sa main sur le torse de David pour le stopper. Ce dernier ne dit rien et l'aide à se relever. Il lui remet également une mèche de cheveux en place.

— Marisol...

— Monsieur... Enfin David, c'est impossible entre nous, vous le savez aussi bien que moi. Je ne veux pas être une conquête de plus à votre palmarès.

— Et si je vous dis qu'avec vous, c'est différent ?

— David, c'est toujours différent au début, mais le passé vous rattrape.

— Pas cette fois ! Marisol, il y a quelque chose qui a changé en moi, dès que vous êtes près de moi... Je suis différent.

— David...

— Et quand je vous entends m'appeler par mon prénom presque en le susurrant... ça me rend dingue !

— David, entre nous ça ne marchera pas. Je dois y aller.

Marisol s'en va et David lui parle une dernière fois.

— Je pense que vous avez tellement peur de succomber...

— Parce que vous pensez sincèrement qu'un homme tel que vous peut me faire succomber ?

— Si je comprends bien, vous me lancez un défi... Intéressant, je le relève !

— Mais...

— À ce soir, Marisol.

David repart et Marisol reste un peu hébétée. Elle part et rentre chez elle. Son père l'accueille avec un grand sourire.

— Tu ne m'avais pas dit que tu avais un admirateur secret !

— Pourquoi tu dis ça ?

Diego lui montre un paquet sur la table. Marisol s'en approche et l'ouvre. Elle découvre une magnifique robe de cocktail vert émeraude.

— Elle est vraiment sublime ! Mais qui te l'a déposée ?

— Un coursier. Il y avait une carte également.

Marisol prend la carte, la robe et monte dans sa chambre. Elle lit la carte : « *Je sais qu'elle n'est pas aussi belle que vous, mais je suis sûr qu'elle vous ira. À ce soir, Marisol. David.* » Marisol soupire, prend une douche, enfile la robe et se met en route vers le manoir des Wingleton. Lorsqu'elle arrive, il y a déjà beaucoup de monde. Elle monte les marches qui mènent à la porte d'entrée. David, qui attendait son arrivée avec impatience, se place en haut des marches, face à elle.

— Je savais que cette robe vous irait à merveille !

— David ! Merci. Oui, elle est magnifique.

— Encore plus sur vous.

David lui tend son bras, elle ne peut s'empêcher de le regarder. Il porte un costard noir, avec une chemise blanche qui le moule au niveau des abdos. Il a même laissé les boutons du haut défaits. Il lui sourit.

— Profitez-en, ce n'est pas souvent que vous me verrez comme ça !

— Hein ? Mais non, je ne vous regardais pas, je...

— On rentre ?

Marisol attrape le bras que lui tend David et ils rentrent. La soirée se passe très bien et Marisol agrandit son réseau de clients. David avait raison et, elle doit bien se l'avouer, il a l'air d'avoir changé. D'ailleurs, elle ne le voit plus et s'approche de James.

— Bonsoir, je suis désolée de vous déranger, je cherche David.

— Ha oui, je crois qu'il est dans le patio.

Marisol va d'un pas sûr vers le patio, toute souriante, mais quand elle passe la porte, elle devient toute blanche. Face à elle, se trouve David, avec Carlista. Le jeune homme est contre la porte du patio, tandis que la jeune fille a une jambe entre les siennes et se trouve très près de lui. Marisol renverse un vase en partant et David sursaute.

— Marisol ! Attendez !

Marisol traverse le manoir et fonce jusqu'à sa voiture, suivie de près par David.

— Marisol ! Attendez-moi !

David arrive à la portière de la jeune femme et la referme.

— Écoutez-moi, Monsieur Wingleton, je vous conseille de lâcher cette portière !

— Ce n'est pas ce que vous croyez !

Marisol le repousse, ouvre la portière, monte dans sa voiture, allume le contact et regarde David.

— Je sais ce que j'ai vu, mais je ne peux pas vous en vouloir. Je pensais que vous... Laissez tomber !

Marisol démarre en trombe et laisse David, qui tombe à terre. Nick arrive, le relève et lui demande ce qu'il se passe. David lui explique et au même moment, Carlista sort du manoir. Il se précipite sur elle.

— Tu comptes me pourrir la vie comme ça encore longtemps ?

— Entre ce que tu as fait à ma mère et le fait que tu aies refusé mes avances, ce n'est que le début ! Que croyais-tu ? Que tu allais vivre ton histoire d'amour avec ta gitane ? Mais tu rêves !

— Vous allez me le payer cher, si vous continuez ! Dégage d'ici !

Carlista rigole et sort de la propriété. Nick s'avance près de son frère.

— Il faut que tu parles à Marisol.

— Elle ne veut rien entendre, elle était furieuse !

— Attends demain...

— Ouais... Et toi avec Crystal, ça va mieux ?

— Disons que depuis l'autre soir, elle dort à l'hôtel...

— Bon, je sens que le vent va tourner !

Effectivement, une moto vient de rentrer et Crystal arrive dans une magnifique robe. David sourit et s'en va. Nick s'approche de la jeune fille.

— Tu es venue ?

— Oui. Ton frère, David, m'a appelée.

— J'ai besoin de te parler...

— À moi ou « aux petits lots » qu'il y a dans les bars ?

— J'ai fait une connerie, Crystal ! Tu vas me le reprocher jusqu'à quand, putain ? Toi aussi, je t'ai vue mater d'autres mecs !

— Alors déjà, je regarde et je ne mate pas. Ensuite, je ne les flatte pas de petits noms ! C'est tout ce que tu voulais me dire ? Je repars !

— NON !

Nick a hurlé, si bien que sa famille sort du manoir, mais Nick s'en fout, il continue.

— J'ai fait une connerie. J'ai toujours su que tu étais une femme géniale, mais ces derniers jours je me suis aperçu que tu étais une femme hors du commun. Tu es vraiment exceptionnelle et...

Nick met un genou à terre et attrape une boite dans son blouson, il la tend à Crystal.

— Je sais que tu voulais attendre, je sais que ce n'est pas ton truc, tu n'es peut-être pas prête, mais... veux-tu m'épouser ?

Crystal reste bouche bée, elle ne répond pas et Nick commence à ranger sa bague.

— Oui, je le veux...

— Tu... Tu le veux ?

— Oui. Je sais comment tu es et je voulais que tu te rendes compte que ce n'était pas agréable pour moi, mais je t'aime depuis le premier jour et même avec toutes les épreuves que nous avons traversées, je suis toujours revenue et tu seras toujours près de moi.

Crystal enlève son blouson et Nick découvre le fameux tatouage de la jeune fille, il y a un grand N. entouré d'un rosier.

— Mon ange...

— Je t'aime et je t'ai dans la peau maintenant, tu le sais !

Nick sourit et lui aussi enlève son manteau et sa chemise. Crystal découvre un magnifique C sur la poitrine de Nick avec un micro à côté.

— Moi aussi je t'ai dans la peau !

Le couple s'embrasse et se rhabille pour continuer la fête.

Chapitre 7

Samedi, en fin d'après-midi, Marisol se lève d'une grosse sieste et va grignoter tranquillement, lorsque Dan fait irruption chez elle en lui expliquant qu'il y a un gros problème.

— Calme-toi, Dan, que se passe-t-il ?

— C'est Javier et tes autres cousins, ils sont chez Mr Wingleton !

— Mais pourquoi ?

À ce moment-là, Diego apparaît.

— Javier est venu ce matin... Nous avons parlé... Et j'ai discuté avec lui de ta soirée et de comment elle s'était finie...

— Quoi ? Tu lui as dit ce que je t'ai raconté ?

— Oui... je suis désolé...

Marisol s'habille en vitesse et fonce avec Dan chez les Wingleton. Sur place, elle découvre ses cousins et David en mauvaise posture. Javier menace David d'un fusil et ses deux autres cousins sont autour de lui. Elle aperçoit également les frères de David arriver en courant. Marisol se précipite près de Javier.

— Mais tu es sérieux, là ? Tu fais quoi ?

— Ce *gadjo* t'a déshonorée ! Il va vite comprendre qui on est et qu'on ne touche pas à la famille !

— Déshonorée ? Mais n'importe quoi !

— Si, Diego me l'a dit : il t'a embrassée et le soir, il était avec une autre. Ça ne va pas se passer comme ça !

— Arrête ça directement et pars d'ici, avant que je me mette en colère.

— Tu comptes faire quoi ? Tu es une femme et dans notre clan, les femmes doivent savoir rester à leur place.

Marisol rentre dans une colère noire et se met entre le fusil et David. Elle fusille du regard son cousin.

— Écoute-moi bien, Javier Merino, je suis ici sur le sol des États-Unis depuis un petit moment, j'ai la nationalité américaine ! Alors oui, je suis une gitane et jamais je ne renierai mes origines, mais je suis également une femme libre et non une femme que tu gardes précieusement cachée !

Javier baisse le fusil et regarde sa cousine.

— Tu dis que tu ne renies pas tes origines, mais c'est faux. Tu penses que ces gens-là vont t'accepter ? Tu es une gitane !

David ne peut s'empêcher d'intervenir.

— Et alors ? Vous pensez que parce qu'elle est gitane ou bohémienne, on va la jeter dehors ? Je pense que vous avez une piètre image de nous, vous seriez surpris de savoir qui nous sommes réellement !

— Vous, ne la ramenez pas ! Vous avez déshonoré ma cousine !

— NON, je n'ai rien fait et ce n'est pas à vous que j'ai des comptes à rendre !

Marisol n'en peut plus et demande à son cousin de quitter la propriété. Javier ne répond pas directement, mais finit par baisser son fusil et obéit à sa cousine. La jeune femme lui emboîte le pas, mais David l'arrête.

— Marisol, je dois vous parler.

— Moi je ne veux pas, je suis juste venue car je ne voulais pas que ça tourne mal, c'est tout ! Au revoir.

— Mais je n'ai rien fait !

— Je ne vous crois pas, et puis... J'ai une preuve ! Bref, je préfère partir.

David se reprend et la regarde dans les yeux.

— Effectivement, partez ! Je ne vais pas me mettre à genoux devant vous ! Vous ne me laissez même pas vous expliquer, alors faites comme votre cousin l'a ordonné, partez !

Nick s'approche, mais David lève la main.

— Non, laisse...

Marisol s'en va et David part dans le manoir. Il va dans la salle de sport et commence à se défouler lorsque Nick entre dans la salle.

— Pourquoi tu ne lui as pas dit ?

— Laisse-moi, Nick, s'il te plaît...

Nick soupire et sort de la salle. David frappe dans un sac de sport encore une bonne demi-heure et décide ensuite d'aller aux écuries. Là, il se change et va chercher son cheval pour une balade, mais Terrence l'arrête.

— Monsieur ? Vous ne pouvez pas aller vous balader, c'est impossible.

— Pourquoi ça ?

— Il y a une tempête de prévue dans une heure avec vents et pluie, c'est pour cela que nous avons pris toutes les dispositions nécessaires au niveau des box des chevaux. Nous sommes en train de finaliser tout ça.

— Dans ce cas, je vais vous aider !

Une heure plus tard, la tempête se lève, mais elle est encore plus violente que prévu. La pluie commence à inonder les rues de la ville et tout devient impraticable. Terrence entend un bruit sourd, puis un hennissement. Il se précipite avec David et les deux hommes s'aperçoivent qu'un bout de tôle est tombé dans le box d'un cheval et que ce dernier panique.

— Il faut le sortir de là, il commence vraiment à paniquer. Il va se faire mal avec la tôle.

Ils essaient de l'apaiser, mais rien n'y fait. Au bout de dix minutes, David prend son téléphone et compose le numéro de Marisol.

— Dre Merino ? Nous avons un souci. Avec la tempête, un morceau de tôle est tombé dans le box d'un des chevaux et ce dernier n'arrive pas à se calmer pour qu'on puisse le sortir de là. Pouvez-vous me dire quoi faire par téléphone ? Non, vous ne pouvez pas venir, ça commence à être inondé de partout et... allô ? Allô ?

David s'énerve et essaye de rappeler Marisol, mais rien n'y fait. Ils essaient tout de même de sortir le cheval, mais ce dernier se cabre et tape partout. Le vent est de plus en plus fort et les deux hommes doivent faire vite, car ils doivent le changer de box. À la dernière cambrure du cheval, ce dernier tombe à terre. David se tourne et voit Marisol avec son fusil, cette dernière s'approche de lui.

— Ne vous inquiétez pas, la dose est faible. Juste le temps de le changer de box.

David ne dit rien, il transfère le cheval avec Terrence. Marisol est sur le point de repartir, mais Terrence s'approche d'elle.

— Vous ne pouvez pas repartir, c'est inondé, la tempête est de plus en plus forte.

— Ne vous inquiétez pas, je peux très bien passer, je suis venue et...

David s'en mêle, mais avec un ton froid.

— Il a raison ! Restez ici pour la nuit, le manoir est assez grand et il y a des chambres d'amis.

Un nouveau souffle de vent encore plus violent donne raison au jeune homme. La tempête empire de minute en minute.

— D'accord, je viendrai plus tard, je vais voir les chevaux et...

— Faites ce que vous voulez !

Le ton froid de David attriste énormément Marisol. A-t-elle eu tort de lui parler comme ça ? Elle fait son petit tour auprès des chevaux. David, qui est parti dans le manoir, rencontre son frère Darren tout affolé.

— C'est Hope ! Elle a des contractions et elle a perdu les eaux ! On a appelé l'hôpital, mais personne ne peut venir ! C'est inondé et j'ai peur pour elle et le bébé...

Une femme trempée entre dans le manoir.

— Je peux peut-être vous aider ? Certes je suis vétérinaire, mais j'ai des notions en médecine !

Marisol passe à côté de David et demande à Darren de la conduire auprès d'Hope. La jeune femme est dans le patio et commence à avoir très mal. Toute la famille est autour d'elle quand Marisol arrive.

— Laissez-lui de l'air. Darren, il faut la monter à la chambre.

Darren prend Hope dans ses bras et l'emmène dans la chambre. Marisol regarde la famille autour d'elle.

— Nick ? Pouvez-vous aller chercher ma mallette dans ma voiture... Je sais que c'est la tempête, mais...

— J'y vais !

Marisol balaye la chambre et demande à Nina et Crystal d'aller lui chercher des bassines avec de l'eau, à James d'aller lui chercher du linge de maison propre. David la regarde, mais elle ne dit rien. Il quitte alors la chambre. Hope commence à avoir de plus en plus mal.

— Darren, placez-vous à côté d'elle. Nina et Crystal, aidez-la également en la rafraîchissant. Madame Wingleton, voulez-vous bien m'assister ?

— Bien sûr !

— Merci. Les autres, sortez de la chambre, s'il vous plaît.

James, Darren et le père des frères sortent de la chambre. David est accoudé à la rambarde des escaliers. James s'approche de lui.

— Ce n'est toujours pas arrangé entre vous ?

— Je m'en fous ! Je n'ai pas envie de me prendre la tête, je ne vais pas ramer pour une femme, certainement pas !

— On a tous ramé pour la bonne !

— Oui, mais si ça se trouve, c'est juste de passage ! Je m'en fous !

Dans la chambre, Marisol aide Hope à accoucher. La jeune femme s'énerve de plus en plus et Darren n'arrive pas à la calmer. Marisol se place en face d'elle et la regarde dans les yeux.

— Écoutez-moi, il faut vous calmer et pousser à chaque contraction. Plus votre bébé reste à l'intérieur plus il risque de s'étouffer !

Hope se calme et se concentre. Au bout de trente minutes, le bébé sort enfin. Marisol le place dans les bras d'Hope après l'avoir lavé. Cette dernière remercie Marisol. La jeune femme couvre Hope et fait rentrer le reste de la famille. Tout le monde félicite la maman et le papa. Marisol s'essuie les mains et commence à avoir la tête qui tourne. Elle perd l'équilibre et tombe. Hope crie, mais tout le monde remarque que la tête de Marisol n'a pas eu le temps de toucher le sol. Elle se trouve dans les mains de David. James lui sourit.

— Pas la bonne ? De passage ?

— Ferme-la, James !

David porte la jeune femme jusqu'à sa chambre et la pose délicatement sur son lit. Il essaie de la réveiller. Nina entre dans la chambre.

— Elle n'a pas mangé depuis hier soir, elle l'a confié à Crystal tout à l'heure...

Nina allait partir, mais David l'arrête.

— Dis-moi, tu l'as fait ramer longtemps, James ?

Nina sourit. Elle se rapproche de la porte et au dernier moment, regarde son beau-frère.

— Ho oui, il a ramé, et pas qu'un peu, crois-moi ! Ce n'est pas parce que vous êtes des Wingleton que c'est nous qui devons vous mériter ! Vous aussi vous devez nous mériter ! Allez, prends soin d'elle.

David sourit et s'installe dans un fauteuil près du lit. Nina revient juste une fois pour déposer à manger et repart tranquillement. Petit à petit, Marisol se réveille. Elle regarde autour d'elle et voit David.

— Monsieur Wingleton...

— Vous pouvez m'appeler David. Vous vous êtes évanouie et ma belle-sœur m'a dit que vous n'aviez rien mangé depuis hier ! Sur la table de nuit, vous avez de quoi vous sustenter.

David s'apprête à sortir de la chambre, mais Marisol l'appelle.

— David ? Merci beaucoup.

— Je n'allais pas vous laisser tomber par terre ! Je vous laisse.

— Attendez !

David, qui avait déjà la main sur la poignée de la porte, soupire et se tourne vers Marisol.

— Que voulez-vous ? Je dois aller voir ma belle-sœur.

— Ha oui… Bon, allez-y, ce n'est pas grave.

— Dites ! J'en ai marre de tourner autour du pot avec vous et je ne vous cache pas que j'en ai marre de me faire jeter !

Marisol se redresse et commence à s'énerver.

— C'est la meilleure, c'est vous qui vous énervez ! Hier matin tous les deux on… enfin voilà, et le soir je vous retrouve dans les bras de Carlista. Et je ne parle même pas de ce qui s'est passé ce matin !

— Ce matin ? Je ne comprends pas…

— Ne vous fatiguez pas, Carlista s'en est vantée dans tout le café, comme quoi sa nuit et sa matinée furent magiques, elle a conté vos exploits sexuels avec flatterie !

— Attendez, ce matin et cette nuit ?

— Oui, bref ce que je veux vous dire c'est que…

— Non, je ne vais pas laisser des propos diffamatoires courir à mon sujet !

La porte s'ouvre sur Crystal et Nick, ils demandent à David d'aller voir Hope et le bébé. Il quitte la chambre en promettant une nouvelle fois à Marisol qu'il n'a pas touché Carlista, ni hier soir, et encore moins cette nuit et ce matin. Crystal s'approche du lit de la jeune femme avec Nick.

— Que se passe-t-il ? C'est quoi cette histoire avec Carlista ?

Marisol explique toute l'histoire par rapport à hier soir et également à ce matin, quand elle est passée au café et qu'elle a entendu Carlista qui se vantait d'avoir passé la nuit et la matinée avec David et d'avoir grimpé aux rideaux comme jamais. Nick se met à rire.

— Cette Carlista est vraiment une petite garce ! Elle a essayé avec moi également ! Mais ça n'a pas marché !

— Mais je les ai vus hier soir !

Crystal la regarde.

— Qu'as-tu vu exactement ?

— Il était contre la porte et elle était sur lui dans une position très suggestive.

— Elle a dû lui sauter dessus, comme d'habitude ! Quant à cette nuit et ce matin... il n'a pas pu être avec elle, crois-moi !

Nick la regarde à son tour.

— Je connais mon frère, s'il vous dit qu'il n'a rien fait, c'est la vérité, et puis son alibi pour cette nuit et ce matin, c'est moi et Nina !

— Quoi, mais...

David, qui était appuyé sur le chambranle de la porte depuis quelques secondes, demande à son frère et à sa belle-sœur de sortir et de le laisser seul. Il s'assoit sur le fauteuil à côté du lit et regarde Marisol.

— Vous avez mangé ?

— Non, pas encore...

— Faites-le ! Vous allez encore tomber par terre !

David se lève et une fois de plus, s'apprête à partir, mais il sent une main frêle se poser sur son avant-bras musclé. Il attrape la main et se retourne pour faire face à Marisol.

— Je vous ai dit de ne pas quitter le lit et de manger.

— Je voulais m'excuser... Nick et Crystal m'ont expliqué qu'ils étaient avec vous cette nuit et que vous n'étiez pas avec Carlista...

— Je n'étais pas avec elle. Je ne sais pas ce qu'elle a dit, mais c'est une gamine qui veut arriver à ses fins, c'est tout ! J'accepte vos excuses, je vous laisse !

— David...

Marisol avait prononcé le prénom du jeune homme avec tellement de tendresse qu'il ne pouvait s'empêcher de plonger dans ses yeux.

— Marisol... qu'attends-tu de moi ?

Le vouvoiement n'était plus de rigueur. David voulait des réponses, il ne voulait plus jouer au jeu du chat et la souris avec la jeune fille. Il la voit passer sa langue sur ses lèvres, c'est trop pour lui. Il se penche et s'empare de la bouche de la jeune fille, elle répond avec beaucoup d'ardeur au baiser. David la soulève et la porte sur le lit, le baiser continue et la main de David commence à caresser la jeune fille. Marisol stoppe sa main et met fin au baiser. David est un peu déconcerté.

— Je suis désolé, je me suis laissé emporter.

David se lève du lit et ferme les yeux. Marisol se met à genoux sur le lit et s'excuse. Le jeune homme ne comprend pas.

— Pourquoi tu t'excuses ?

— J'ai arrêté le baiser, car... J'ai...

— Il n'y a pas de souci, je comprends !

— Non, tu ne comprends pas ! Tu vas encore t'imaginer je ne sais quoi... J'ai arrêté le baiser car j'ai senti ta main aller plus loin et que... que... Je suis vierge ! Voilà, c'est dit !

David respire un grand coup, puis glisse sa main sur la joue de Marisol jusqu'à sa nuque et l'embrasse une nouvelle fois.

— J'allais juste te dire que je comprends et que je pensais que tu ne voulais pas que ça aille trop vite, c'est tout !

Marisol devient toute rouge et commence à vouloir sortir de la chambre, mais David l'arrête.

— Après, que tu sois vierge, ça ne me dérange pas ! Laisse-moi te prouver ce que je ressens.

Marisol se met sur la pointe des pieds et l'embrasse, David l'attrape par la taille et appuie son baiser.

Chapitre 8

Le lendemain, la tempête s'est éloignée. Hope passe un contrôle à l'hôpital, elle se porte bien et le bébé aussi. Marisol est rentrée chez elle et se repose, c'est son jour de repos. Elle s'occupe de son cheval toute la journée et décide de passer une soirée tranquille chez elle. Son père est en soin à l'hôpital pour la nuit. Elle se fait couler un bain et en profite pendant plus d'une demi-heure. Quand elle sort, elle enfile une nuisette qui descend jusqu'à ses pieds et qui est échancrée au creux de ses reins. Avec une salade de fruits, elle se met devant la télé, lorsqu'elle entend un hennissement dans son jardin. Elle court et remarque que son cheval n'est plus dans son enclos. Elle sort et le remet tranquillement dans son box. Elle a du mal le refermer. Quand elle se retourne, elle tombe nez à nez avec un homme. Il est habillé en cow-boy et aucun de ses vêtements ne réussit à masquer sa carrure. Marisol le regarde des pieds à la tête.

— David ? Mais que fais-tu là ?

Marisol continue de le regarder et David rigole.

— Tu as l'air d'avoir faim ?

— Hein... heu...

Marisol devient rouge et passe à côté de David sans parler. Elle rentre et l'invite à rentrer. C'est à son tour de la dévisager et de la regarder.

— Je dois dire que... Tu es magnifique !

En disant ça, David déglutit difficilement. Marisol enfile un peignoir.

— Que viens-tu faire ici ? Un problème avec les chevaux ?

— Non, envie de te voir et Dan m'a dit que ton père était à l'hôpital pour des soins et que tu serais seule.

— Oui... Je suis seule... Tu veux boire quelque chose ?

— Oui, je veux bien !

Marisol sert un jus de fruits à David et ils s'installent sur le canapé.

— Bon, je n'ai pas l'habitude de boire un jus de fruits à l'apéro, mais pourquoi pas ?

David pose son verre et regarde Marisol.

— Tu es magnifique.

Il l'embrasse et plonge ses mains dans sa chevelure, sa bouche glisse sur son cou et Marisol l'arrête. Elle le regarde.

— Tu es venu ce soir pour qu'on... Enfin tu vois ce que je veux dire. Écoute, je ne suis pas...

David la fait taire par un baiser passionné, puis il plonge dans son regard.

— Je suis venu ce soir pour te voir et non pour coucher avec toi. Oui, j'ai envie de toi, mais je le sens, tu n'es pas encore prête et, avant, je veux te prouver que tu n'es pas une conquête de plus !

Marisol dépose sa main sur la joue de David et l'embrasse tendrement. Les deux jeunes gens passent la soirée à regarder un film et à manger ensemble. David part vers une heure du matin en laissant une Marisol tout heureuse. Cette dernière va se coucher des étoiles plein les yeux.

Le lendemain, Marisol va aux écuries chez David. Quand elle arrive, elle voit de nouveau Carlista en train de discuter avec David. Elle s'apprête à faire demi-tour, mais décide finalement d'y aller. Il lui a demandé de lui faire confiance et elle va le faire. Elle s'approche de plus en plus et entend la conversation. Carlista regarde David avec des yeux de biche.

— Allez, un petit tour dans ton bureau. Tu ne vas pas me dire que l'autre gitane te donne du plaisir ? C'est une coincée, j'en suis sûre ! Toi, tu es fait pour vivre de belles expériences et moi, je vais t'en faire voir de toutes les couleurs !

— Je t'interdis de parler de Marisol comme ça. Je te demande pour la énième fois de quitter ce domaine.

Carlista se rapproche et pose sa main sur le torse de David, qui s'avère être dépourvu de tee-shirt. David la repousse aussitôt. Marisol décide d'apparaître à ce moment-là. David la voit.

— Marisol, écoute-moi ! Je...

— Ne te justifie pas, je suis là depuis le début.

Marisol regarde Carlista dans les yeux.

— Tu devrais te trouver un homme de ton âge ! Et arrêter de tourner autour de celui des autres !

— David ? Ton homme ? Mais ma pauvre, tu es son jouet, comme nous toutes, sauf qu'avec nous il sait être un peu plus… Hum brut ! Et j'adore !

David n'en peut plus, il la prend par le bras et la jette hors des écuries. Il demande à Marisol de s'approcher. Une fois près de lui, il l'embrasse.

— Je suis désolé, je ne pensais pas qu'elle viendrait et surtout qu'elle te...

— Ce n'est rien, je te fais confiance !

David lui sourit et lui propose de passer la soirée ensemble.

— J'en serais ravie ! Je te laisse, je dois aller travailler. À ce soir.

— À ce soir.

Ils scellent tout ça avec un baiser et Marisol s'en va travailler. Nick rejoint David.

— Bon, ça a l'air de bien se passer ?

— Oui, c'est génial, c'est une fille en or ! Je ne pensais pas qu'un jour, je pourrais...

— Tomber amoureux ?

— Je ne dirais pas ça, mais c'est vrai que pour l'instant je suis heureux quand je suis avec elle.

— C'est le principal. Bon, tout est prêt pour ce soir ?

— Oui ! Merci de m'avoir aidé à tout préparer cette nuit et ce matin.

— Normal, j'espère qu'elle va apprécier !

Nick repart et David travaille le reste de la journée. À la fin, il va dans son bureau et se change. Il enfile un pantalon habillé, ainsi qu'une chemise avec une cravate. Il grimpe sur sa moto et va dans la cabane. Marisol arrive au manoir et c'est Darren qui la reçoit.

— Puis je vous mener auprès de mon frère ?

— Heu... Oui.

Darren la fait monter dans sa voiture et traverse la forêt jusqu'à la cabane. Il la fait descendre et l'invite à rentrer. Elle remarque que sur le pas de la porte, il y a plein de pétales de rose. Elle sourit et entre. La cabane est remplie de roses rouges et de bougies. David est assis sur un fauteuil, il se lève lorsque Marisol entre dans la cabane.

— David... C'est vraiment magnifique.

— Maintenant, tu sais ce que j'étais en train de faire l'autre nuit jusqu'au matin. Nick et Crystal m'ont bien aidé. On a dû ranger la cabane, la nettoyer, et l'aménager.

Marisol regarde comment est habillé David et sourit.

— Qu'est-ce qui te fait sourire ? Ma tenue ?

— Disons que j'ai plus l'habitude de te voir en santiag, jean, et stetson avec ou sans chemise...

David enlève sa cravate et déboutonne les manches de sa chemise et se rapproche de la jeune fille.

— Et tu préfères avec ou sans ?

Marisol devient tout rouge et lui tourne le dos. David, quant à lui, l'embrasse dans la nuque.

— Tu me rends dingue... Bon, à table !

— Tu as cuisiné ?

— Pour qui me prends-tu ? Bien sûr que j'ai cuisiné, je sais le faire ! Et ce soir, c'est un ragoût d'agneau et des verrines de fruits en dessert.

— Hum !

Le repas se déroule agréablement et ensuite, ils s'installent sous une couverture devant la cheminée.

— Alors, Marisol, c'est quoi ton rêve ?

— Mon rêve ?

— Oui, l'ultime, celui que tu gardes enfoui au fond de toi.

— Je...

— Dis-moi !

Marisol se lève et va vers la terrasse, une larme perle sur sa joue. David se lève et la prend par la taille.

— Je ne voulais pas te blesser. Ne pleure pas, j'en suis désolé !

— Ce n'est pas toi... C'est juste que ça me rappelle que mon rêve est impossible.

— Pourquoi dis-tu ça ? Tu ne veux pas me le raconter ?

— En fait... Je rêve de ramener mon père en Andalousie. Je veux acheter un ranch là-bas et avoir mon cabinet de vétérinaire à côté... Revenir sur mes terres...

— Pourquoi dis-tu que c'est impossible ?

— Il me faudrait énormément d'argent, du temps et une équipe auprès de moi et j'ai peur de ne pas avoir le temps de faire tout ça. Mon père ne sera plus de ce monde... Désolé, ce sont des rêves de gamine...

David la tourne vers lui.

— Non je ne trouve pas ! Il faut avoir des rêves et le tien est magnifique.

— Oui, mais irréalisable. N'en parlons plus !

La soirée se poursuit et Marisol parle d'elle à David, de sa vie de bohémienne jusqu'à ses études aux États-Unis.

— Bon, tu sais beaucoup de choses sur moi, mais toi, tu ne dis rien.

— Il n'y a rien à dire, je suis un homme banal.

— Je ne dirais pas ça !

— Si je t'assure, j'ai grandi ici et voilà, maintenant je travaille ici.

— Tu es aussi un homme charmant et plus sensible que je le croyais. Mais dis-moi...

— Oui ?

— Ça ne te fait pas peur de sortir avec une bohémienne ?

— Pas du tout, pourquoi tu me demandes ça ?

— Ta réputation et celle de ta famille...

Marisol se resserre un peu plus dans la couverture. David la serre une fois de plus contre lui et se rapproche de son oreille.

— Ma réputation, je m'en fiche et je ne veux rien entendre sur toi, je risquerais de me mettre en colère !

Marisol embrasse David et ce dernier ne peut s'empêcher d'appuyer son baiser. Il emmène la jeune femme dans un autre univers. Il ne peut pas refréner son envie de lui caresser le dos et de descendre doucement. D'un coup, il stoppe tout et se recule de la jeune femme.

— Ça va ? David ?

— Oui, ne t'inquiète pas, je dois juste me contrôler.

— Ho... Désolée...

— Ha, ne t'excuse pas, mais je ne te cache pas que pour moi c'est tout nouveau. Je n'ai jamais connu ça, mais ça ne doit pas être si compliqué.

— Je ne devrais pas t'imposer ça, je suis vraiment...

— Arrête de parler ! Oui ce n'est pas facile, mais c'est que le début et j'attendrai que tu sois prête.

Ils continuent à parler de tout et de rien, jusqu'à ce que Marisol s'endorme sur le canapé. David le déplie doucement pour en faire un lit et couvre la jeune fille d'une couverture. Lui se met sur le fauteuil à côté.

C'est une odeur de café qui réveille la jeune femme. Elle découvre David debout dans la cuisine.

— Bonjour la belle aux bois dormants !

— Je me suis endormie ! Mais quelle heure est-il ?

— Il est huit heures et demie.

Marisol se lève en vitesse et remet ses chaussures. Elle dit à David qu'elle doit immédiatement partir.

— Je devais être à huit heures chez les Richards.

— Quoi ? Tu ne vas pas là-bas ? Jeff va et...

— Calme-toi, il ne me fera rien, il n'est pas là aujourd'hui. Je dois finir les soins chez lui et après c'est fini. Ramène-moi, s'il te plaît.

— Je t'accompagne chez lui !

— Tu ne me fais pas confiance ?

— Ce n'est pas à toi que je ne fais pas confiance, c'est à lui !

— Ne t'inquiète pas.

David soupire et conduit Marisol jusqu'au manoir de ses parents.

— Tu reviens ce soir ?

— Je vais essayer, j'ai beaucoup de travail...

— Comme tu veux !

— Tu es fâché ?

— Non... Allez, passe une bonne journée.

Marisol part et va à la clinique se changer pour se diriger au haras des Richards. De loin, elle remarque que, finalement, Jeff est là... Ce dernier lui adresse un large sourire et se rapproche d'elle.

— Tiens, tiens, que fais-tu là ? Je croyais t'avoir dit que ton contrat était terminé ici !

— Je sais, mais j'ai appris que le prochain vétérinaire arrivait le mois prochain et vos chevaux ont besoin de soins maintenant... Je ne fais que mon travail !

— Bon, alors, fais-le !

Marisol passe une heure à faire le tour des chevaux et à leur prodiguer des soins. Au moment de partir, Jeff l'interpelle.

— Alors comme ça on fricote avec Wingleton ?

— Je ne vous permets pas de...

— De quoi ? Je ne te dois rien ma jolie !

— Je m'en vais !

Jeff la retient une nouvelle fois et la regarde dans les yeux.

— Et moi je n'ai pas le droit à un baiser comme lui ? Il faut quoi pour que tu m'embrasses ? Moi aussi je peux t'offrir des robes luxueuses !

— Lâchez-moi, vous me faites mal !

— Je peux également t'offrir des soirées romantiques si tu veux, en revanche j'aimerais avoir une petite compensation !

Une moto surgit de nulle part, un homme en descend et se met devant Jeff.

— Si tu ne la lâches pas, je vais t'en offrir une compensation, crois-moi !!

— Tiens, tiens, David ! Tu n'aimes pas qu'on s'amuse avec tes jouets, on dirait, pourtant il y en a une ce matin que j'ai fait sauter sur mes genoux, à peine dix-huit ans, un délice !

— Ce que tu fais, je m'en fous, mais tu lâches Marisol tout de suite !

Marisol se débat et part se blottir contre David, Jeff rigole.

— Pff, vas-y, récupère-la, Carlista a raison, elle est tellement coincée ! Je me demande ce que tu lui trouves ! Quant à toi, la miss, tu crois sincèrement qu'il va t'attendre ? Tu te mets le doigt dans l'œil, il ira voir ailleurs en attendant, il a toujours fait comme ça et il continuera !

David tire Marisol et les deux partent de la propriété en moto. Le jeune homme la ramène à la clinique. Elle descend les larmes aux yeux et s'enferme dans son bureau. Dan questionne David du regard et ce dernier lui explique en gros ce qui s'est passé. David frappe à la porte de Marisol, cette dernière ne répond pas. Il force la porte.

— Parle-moi...

— Pour te dire quoi ? Que j'ai l'impression d'être salie ? Il a raison, je suis coincée et jamais tu ne seras comblé avec moi... Tu retourneras dans tes travers et...

Marisol se tait, David la pousse et la monte sur le bureau, il l'embrasse jusqu'à perdre haleine. Il ferme discrètement le bureau et continue de l'embrasser. Elle perd ses mains dans ses cheveux. Il enlève sa chemise et laisse les mains de la jeune fille se promener sur lui, il ne peut s'empêcher de l'attraper par les cheveux et de lui embrasser le cou. Elle pose ses mains sur son torse et arrête le baiser. David se recule, remet sa chemise et fait descendre Marisol du bureau. Il ouvre la porte et la regarde avant de partir.

— J'apprends à me contrôler et je n'ai besoin de personne sauf de toi. Si j'ai d'autres besoins... je me satisferai tout seul. Ha oui... je t'en prie, ne va plus chez les Richards.

David sort de la clinique et repart au haras. Sa mère l'attend.

— Un problème, maman ?

— Non, je voulais juste savoir comment tu allais.

— Bien... Bon, mais vous allez me dire ce qui ne va pas. Je vous connais et je sais que vous ne venez pas comme ça pour rien.

— Bon, on va dans ton bureau, je dois te parler sérieusement.

— OK.

David et sa mère entrent dans son bureau, il lui sert un thé et pour lui un café. Enfin ils s'assoient sur le canapé.

— David, ton père et moi allons prendre notre retraite.

— Comment ça ?

— Nous voulons voyager, on veut rencontrer d'autres personnes, visiter le monde.

— C'est génial, c'est un magnifique projet !

— Oui, mais il y a un souci... Nous voulons vendre le domaine, et donc le haras.

— Quoi ? Mais, le haras c'est votre vie !

— Oui, mon chéri, mais maintenant nous voulons autre chose et en plus, nous n'avons pas que le haras.

— Mais...

— Pour tes frères, je ne me fais pas de soucis. Chacun a son épargne, sa vie, mais toi... Ta vie est ici ! Je ne veux pas que tu perdes tout. Nous pouvons te donner un bon pécule pour monter toi-même ton propre haras !

David se lève et s'approche de sa fenêtre, il pose son bras dessus.

— Nous sommes nés ici... Je...

— Je sais que c'est dur pour toi, mais il est temps que tu voles de tes propres ailes. Mais ne t'inquiète pas, entre ton épargne et la vente, tu auras largement assez pour...

— Je ne te parle pas d'argent, mais de sentiments.

— Je sais, mon grand, mais tu dois t'envoler... Bon, je te laisse réfléchir et je te parlerai de la vente plus tard.

— Attends, parce que vous avez déjà des acheteurs ?

— Oui...

— Darren, Nick et James le savent ?

— On en a déjà parlé un peu, oui.

David ricane, mais il est très énervé.

— Oui, évidemment eux s'en moquent, ils n'ont jamais été là !

David prend sa veste et sort de son bureau en claquant la porte. Il selle son cheval et part galoper sans but. Il reçoit un SMS, c'est Marisol, elle lui dit qu'ils ne pourront pas se voir ce soir, car elle a une soirée familiale. Il lui répond juste OK et continue de galoper. Cela dure deux heures et il retourne aux écuries. Terrence l'appelle.

— Monsieur ! La docteure Merino est passée, elle vous cherche. Je lui ai dit que vous étiez parti en balade.

— Merci, Terrence.

David s'enferme dans son bureau et appelle Marisol. Il tombe trois fois sur son répondeur. Il décide de se rendre chez elle. Il y trouve Diego et Javier.

— Toi !

Diego regarde son neveu.

— Tu le connais ?

— Oui, c'est le *gadjo* qui a embrassé Marisol et qui la déshonore !

David se défend.

— Jamais je n'ai déshonoré Marisol.

— SI ! Tu es allé avec une autre après, va-t'en d'ici !

Diego commence à s'énerver.

— Javier ! Je te rappelle qu'ici, c'est chez moi. Marisol m'a expliqué ce qui s'était passé ! En aucun cas il ne l'a déshonorée ! On arrête, maintenant !

Javier soupire et s'éloigne. David s'approche de Diego.

— Elle est où ? Elle ne répond pas au téléphone.

— Elle m'a dit qu'elle devait aller chez un agriculteur du coin et ensuite à sa clinique.

— D'accord, je vous remercie.

David allait partir, mais Diego l'arrête.

— Voulez-vous venir ce soir ? On organise une fête de famille, mais vous êtes le bienvenu !

Javier ouvre la bouche pour intervenir, mais Diego lui lance un regard noir. David remercie Diego, mais explique qu'il ne veut pas créer d'histoire.

— J'insiste, vraiment ! En plus, vous connaîtrez la famille comme ça, à moins que ça ne vous fasse peur…

— Non pas du tout ! Dans ce cas, je viendrai avec plaisir !

Javier râle dans son coin et Diego dit à David de ne pas s'en faire, que ça lui passera. David le remercie et s'en va au haras. Il fait en sorte de ne pas croiser sa famille. Il va au manoir récupérer ses affaires et part s'installer dans la cabane. Dans la journée, David fait des courses pour remplir les placards et le frigo de la cabane. En fin de journée, il reçoit un SMS de Nick, qui lui dit que le repas est servi. David répond qu'il est invité ailleurs. Nick essaie de l'appeler, mais David coupe son téléphone et se met en route pour aller chez Marisol.

Arrivé sur place, il entend des musiques, de la guitare, des rires. Il fait le tour de la maison et arrive dans le jardin. Il aperçoit Javier et les cousins de Marisol faire de la guitare et chanter, il voit Diégo qui est également près d'eux, mais son regard est attiré par les deux danseuses… Enfin, par une en particulier. Marisol a revêtu un bustier blanc qui lui couvre uniquement la poitrine et une jupe longue rouge bordeaux, des boucles d'oreilles et un collier ornent sa peau. Ses cheveux noirs virevoltent au son de la musique. Diego voit David et lui fait signe de s'avancer.

— Bonsoir, mon grand ! Alors, bonne journée ?

— Heu... Bonsoir, oui oui...

— Elle est belle, n'est-ce pas ?

— Hein ? Oui... Magnifique...

Javier regarde David avec méfiance, mais il ne fait aucune remarque. Lorsque Marisol croise le regard de David, elle s'arrête de danser et se rapproche de lui.

— Il y a un problème au haras ?

— Heu... Non.

Diego intervient.

— Non, je l'ai invité pour la soirée.

— Ha... D'accord...

David se lève et se dirige vers la jeune fille.

— Si cela te gêne, je peux m'en aller.

— Non, non pas du tout !

Marisol lui sourit et repart danser avec sa cousine. Elle ne peut s'empêcher de lancer des regards langoureux à David. La musique augmente et la danse continue. Marisol s'approche de David et lui tend la main, il la saisit et part danser avec elle, une danse encore plus langoureuse qu'au bar. Au début, Javier s'arrête de jouer et se met à ruminer dans son coin. Un rapide coup d'œil dans la direction de Diego lui fait reprendre sa guitare. Il voit sa cousine heureuse. La danse est très sensuelle, les gestes de David en sont presque érotiques. À la fin, Marisol finit dans ses bras, le buste penché en arrière et la tête de David presque enfouie dans sa poitrine. Elle se sépare aussitôt de lui et regarde son père, qui sourit. Le reste de la soirée se passe dans la joie et Javier semble accepter David. Le repas est bien entamé lorsque David reçoit un coup de téléphone de son frère Nick.

— Allô ? Se voir ? Ce soir, je suis occupé, bonne soirée.

David ne laisse rien paraître et continue de passer une bonne soirée. À la fin de celle-ci, il dit au revoir à tout le monde et part discrètement. Marisol le rattrape.

— Tu pars comme un voleur ? En général, c'est nous qu'on insulte de voleur.

David met une main sur la joue de la jeune femme et plonge dans ses yeux verts.

— Et les gens ont raison...

Marisol s'offusque et commence à reculer, mais David la rattrape par la taille et continue de lui parler.

— Ils ont raison, car c'est ce qui est en train de se passer... Je pense que tu es en train de me voler mon cœur, Marisol.

Il se penche sur les lèvres de la jeune femme et l'embrasse tendrement. Elle ne peut que se laisser faire et pose ses mains sur le torse du jeune homme.

— Je vais y aller, je dois me lever tôt demain matin, j'ai un nouveau propriétaire qui m'amène son cheval.

— Tu veux que je passe en fin de journée ?

— Ha oui ! Tu peux passer quand tu veux, il n'y a aucun souci !

— Je parlais pour voir le cheval !

Les deux rigolent, mais David reprend vite son sérieux.

— OK, passe pour le cheval, mais tu peux quand même passer me voir quand tu veux ! En plus, demain soir je suis disponible !

Marisol réfléchit et pose sa main dans celle de David.

— Dans ce cas, je passerai demain soir. Je viendrai avec Plume.

— Oui, si tu veux, mais...

— Laisse-moi finir, on verra qui de nous deux est le meilleur !

— Hum un défi, tu me connais, mon péché mignon ! Je le relève ! À demain !

Marisol lui répond et commence à s'éloigner, quand David la retient, la fait tourner sur elle-même et l'embrasse.

Chapitre 9

La fin de journée arrive et Marisol passe le portail de la propriété des Wingleton. Elle a son van avec elle et dedans, il y a Plume. Quand elle descend, elle va dans le bureau de David et, comme à son habitude, entre sans frapper. Le jeune homme est en train de se changer, il sort de la douche, il est juste en boxer. Marisol est toute rouge.

— Ho excuse-moi... Je... Je... Je vais attendre dehors, je suis désolée...

Marisol sort du bureau précipitamment et se précipite vers le box du nouveau cheval. Elle a à peine le temps d'ouvrir la porte que deux mains se posent sur ses épaules et la retournent. Elle se retrouve face aux yeux noisette de David et surtout, face à son torse viril. Il sourit.

— Mes yeux sont plus haut !

— Je suis désolée, j'aurais dû frapper et...

— Ça ne me dérange absolument pas !

— Oui, tu as l'habitude que des femmes te voient...

— Je ne vais pas le cacher et tu le sais très bien, mais à l'heure qu'il est, si une autre femme rentre dans mon bureau et que je suis dans cette situation, je la sors illico. Mais là...

David balade sa main sur la hanche de Marisol.

— Ça ne me dérange absolument pas. Tu aurais même pu arriver cinq minutes plus tôt...

Marisol le regarde avec des yeux interrogateurs et David se penche à son oreille.

— Je sortais à peine de la douche... J'étais dans le plus simple appareil !

Marisol devient toute rouge et baisse les yeux, elle commence à bafouiller sur le nouveau cheval et David rigole.

— Tu es magnifique quand tu rougis et... Tu n'imagines pas la sensation que ça fait de devoir te séduire... Tu es très novice et... Marisol ? Où vas-tu ?

David se met à courir après la jeune femme jusqu'à son bureau, quand il la retourne, elle a une larme sur la joue.

— Mais qu'est-ce que j'ai dit ?

Marisol ose enfin lui parler.

— Je sais que je suis novice et... non, je n'ai jamais vu un homme nu. Je suis peut-être citoyenne américaine maintenant, mais... Je reste quand même dans les traditions de mon pays, et surtout de ma famille... On ne se livre pas à un homme qui ne nous mérite pas. Donc oui, je rougis facilement, je n'ai jamais vécu de situation pareille.

— Et alors ?

— Quoi et alors ? Non, mais tu ne comprends pas ce que je te dis !

— Si, tu es novice, tu n'as jamais vu un homme nu et tu attends le bon ? C'est ça ?

— Mais...

David la prend dans ses bras et lui lance un regard très sensuel.

— Ce qui est bien, c'est que je peux résoudre tous ces problèmes ! Tu n'as jamais vu d'homme nu, on va arranger ça, tu attends le bon... J'aimerais être celui-là. Quant au fait que tu sois novice, on arrange ça quand tu veux !

Il se penche et s'empare de ses lèvres, avec douceur au départ, et un peu plus passionnément après. Marisol s'accroche à son cou et ne dit plus rien. Les mains de David se promènent dans le dos puis sur les hanches de la jeune fille sans qu'elle intervienne. Pour une fois, c'est lui qui arrête le baiser.

— Non pas que je ne veuille pas aller plus loin, mais… Tu m'as lancé un défi, il me semble ?

— Hum oui c'est vrai !

— Et si on mettait un peu de piment ?

— C'est-à-dire ?

— Si je gagne, tu passes la soirée et la nuit avec moi !

—… D'accord, mais si c'est moi qui gagne ?

— Ce que tu veux !

— OK, si c'est moi qui gagne, tu m'offres un voyage en Andalousie !

— Ha oui, tu n'y vas pas avec le dos de la cuillère ! Mais… pari tenu ! Je te préviens, je te l'ai déjà dit, je gagne tous mes défis !

Marisol rigole, les deux sortent du bureau et la jeune femme va chercher son cheval tandis que David selle le sien, un magnifique étalon noir. Marisol s'en approche.

— Il est vraiment magnifique !

David la met en garde.

— Je te préviens, il n'est pas très sociable !

Pourtant la jeune femme peut le caresser sans problème. David s'étonne, mais Marisol rigole.

— C'est peut-être le propriétaire qui n'est pas sociable !

— Il n'y a pas plus sociable que moi ! Allez, viens faire ton défi.

Les deux cavaliers s'élancent dans une course effrénée avec des obstacles. Le premier à passer la ligne d'arrivée est David, talonné de près par Marisol.

— Très belle course !

— J'ai gagné, je te l'avais dit ! Tu dois passer la soirée et la nuit avec moi !

— ... D'accord...

— Je ne vais pas t'obliger à faire ce que tu ne veux pas, si tu as autre chose de prévu, vas-y.

— Non, je viens.

Marisol et David se dirigent vers la cabane à cheval. Elle descend la première et va mettre Plume dans le petit box à côté, David en fait de même avec son cheval. Lorsqu'ils rentrent dans la cabane, un bruit de voiture les fait sursauter. David regarde Marisol.

— Si je te demande de rentrer et de ne pas bouger, tu vas le faire ?

— Heu...

David la pousse à l'intérieur et la voiture se gare devant lui, il voit ses trois frères en sortir. Darren prend la parole.

— Tu nous fais quoi ? Tu ne réponds plus aux SMS ni aux appels ?

James enchaîne.

— Il y a quelque chose qui ne va pas ?

Nick s'appuie sur la voiture et allume une cigarette.

— Je pense que ça a un rapport avec la vente du haras, n'est-ce pas ?

David rentre dans une colère noire et regarde ses frères.

— Oui, ça a à voir avec ça. Vous étiez au courant tous les trois et personne ne me l'a dit, vous avez gardé ça pour vous !

Darren essaie de le calmer.

— On attendait que ce soit mère qui te le dise, tu sais, c'est pour leur retraite à eux.

James poursuit.

— Ils ont droit à leur retraite, ils ont bossé toute leur vie.

Puis Nick en rajoute.

— C'est clair, les vieux vont le vendre et basta !

Pour David, c'est trop. Il regarde ses frères tour à tour.

— Toi, James, tu vis ta petite vie tranquille avec ta femme et ton fils, tu continues à enseigner et ta femme fait ses associations, ce qui est super pour vous deux. Toi, Darren, tu viens d'avoir un petit garçon, tu as monté ta boite avec ta femme et tu es même devenu détective, c'est génial ! Et toi, Nick, tu as trouvé ta future femme, vous faites vos tournées, vous vivez comme des nomades et cela vous plaît, c'est super, mais ce n'est pas ma vie à moi !

Les frères échangent un regard troublé et restent silencieux, ne sachant pas comment réagir.

— Vous vous foutez de moi, dès que vous avez eu vos diplômes, vous êtes partis. Quant à toi, Nick, tu es parti en m'abandonnant ! Bref, le haras, vous vous en foutez, mais moi je suis né ici, j'ai aidé à agrandir le haras, à le rendre connu, je me suis impliqué dedans, je vis dedans. C'est ma passion !

Darren s'approche de lui en lui disant de se calmer, mais David n'en a pas envie, Nick ricane en lui disant d'arrêter de faire l'enfant.

— Faire l'enfant ? Mais tu sais ce que c'est, toi, d'avoir un but dans la vie, de vivre pour quelque chose que tu as construit ? Non, tu es un nomade qui vit au jour le jour !

David entre dans la cabane et les trois frères commencent à vouloir rentrer, mais c'est Marisol qui sort.

— Partez.

— Écoutez, vous êtes très gentille, mais...

— Mais rien du tout, je pense que David a été clair ! Maintenant, partez d'ici, s'il vous plaît !

Nick s'apprête à forcer le passage, mais James se met devant lui.

— Elle a raison, laissons-le se calmer et… Mademoiselle, essayez de le raisonner.

Marisol entre et ferme la porte. Elle voit David assis sur le canapé avec sa tête dans les mains, se glisse lentement derrière lui et met ses mains sur ses épaules, qu'elle commence à masser délicatement. David se relâche et se laisse aller sous les doigts de la jeune fille. Au bout d'un moment, il l'attrape par la nuque, l'embrasse et la fait basculer sur le canapé.

Les mains de David deviennent de plus en plus entreprenantes, il s'en rend compte et veut s'arrêter, mais Marisol l'en empêche.

— Tu es sûre ? Je n'ai pas envie de te forcer ou quelque chose d'autre.

— Oui, je te dis de continuer… à moins que tu n'aies pas envie ou alors… que tu aies peur de ne pas être à la hauteur et…

Marisol arrête de parler, le couple entend une voiture s'arrêter devant la cabane. David se redresse.

— Putain ! Mes parents, j'en ai marre !

— Tu me fais confiance ?

— Bien sûr, mais… que veux-tu faire ?

— Ferme la porte à clé et éteins les lumières, vite !

David s'exécute et le couple entend la porte de la voiture claquer et des pas se rapprocher de la cabane. Une voix grave appelle David.

— Ouvre-nous, on sait que tu es là !

David lève les yeux au ciel et met sa main sur la poignée, mais celle de Marisol se met sur la sienne. La jeune femme ferme les yeux et commence à pousser des petits cris et gémissements. Elle les fait de plus en plus fort et le couple entend des pas s'éloigner et une voiture repartir. Marisol sourit à David et lui demande s'il a quelque chose à boire. Le jeune homme est bluffé.

— Ha ouais ! Tu es comme ça !

— Quoi ? Je suis peut-être novice dans ce domaine, mais il ne faut pas avoir fait Sciences Po pour simuler un orgasme !

— Oui, je vois ça !

— Tu ne vas pas me dire qu'aucune femme n'a jamais simulé avec toi !

— Aucune !

— Alors elles jouaient bien la comédie !

— Ou alors je suis un dieu vivant !

— Fais gaffe, tu ne vas plus pouvoir passer la porte tellement ta tête sera grosse !

— Ne me défie pas, la miss !

— Ce n'est pas un défi, c'est juste que c'est facile de simuler !

David se rapproche d'elle, l'attrape par la taille et l'embrasse sur la bouche, dans le cou et sur l'épaule. La respiration de la jeune femme s'accélère. Il continue et en même temps, il la prend dans ses bras et l'emmène dans la petite chambre de la cabane. Il l'allonge sur le lit et continue de l'embrasser. Marisol, quant à elle, passe ses mains sous la chemise de David et le caresse. Elle arrive à défaire sa ceinture et le jeune homme se cabre davantage pour laisser le loisir à la jeune femme de poursuivre son exploration. Lui ne peut s'empêcher de s'aventurer sur sa cuisse, elle le laisse faire et elle aussi se cabre davantage. Il se penche à son oreille.

— Tu es sûre ?

— Je t'ai dit oui !

— Désolé, Mademoiselle !

Les deux éclatent de rire et les choses s'emballent. David continue à caresser le corps de la jeune fille, cette dernière gémit sous sa main. Il se lève et se met nu. Elle rougit, il sourit.

— Tu es belle quand tu rougis !

— Et toi tu es… beau.

— Hum, merci la miss ! Je te retourne le compliment, tu es magnifique !

Les caresses se poursuivent, jusqu'à ce que David sorte un préservatif de son portefeuille. Marisol frémit, il le ressent.

— On n'est pas obligés d'aller plus loin, tu me le dis et on arrête.

— Non...

— Tu ne m'as pas l'air convaincu... Je ne veux pas te forcer et...

Marisol fait taire David avec un baiser. Il n'en faut pas plus au jeune homme pour enfiler le préservatif et s'insérer, délicatement, en elle. Au début, elle grimace et laisse même échapper un « aïe ».

— Tu es sûre que ça va ?

— Oui... ça va....

David va doucement et, quand il sent que c'est le moment, il accélère le rythme, tout en demandant à la jeune femme si elle veut arrêter. Pour toute réponse, elle enroule ses jambes autour de la taille de David et lui plante ses ongles dans le dos, tout en gémissant de plus en plus fort. Le va-et-vient de David s'accélère et Marisol commence à crier de plus en plus fort jusqu'à atteindre l'extase. Le jeune homme se fond en elle peu après. Il se retire et s'allonge près d'elle en lui mettant le drap dessus. La jeune femme rougit et se cache dessous. David sourit.

— Alors ?

— C'était... Enfin...

— Oui, je sais !

— Non, mais attends, c'était bien, mais sans plus !

— Quoi ?

Marisol explose de rire et les deux partent en bataille de chatouilles jusqu'à ce que ça dérape...

La deuxième fois, Marisol lui avoue que c'était vraiment génial et que non, effectivement, elle ne peut pas simuler auprès de lui. Il la taquine.

— Je te l'ai dit, je suis un dieu !

— N'exagère pas non plus, j'ai dit que c'était bien, pas autre chose !

— Ah ! Ne m'oblige pas à un troisième round !

Marisol rigole, David se lève et enfile juste son jean sous le regard sensuel de la jeune femme. Le jeune homme se penche et l'embrasse.

— Je vois que tu as faim ! Je vais faire à manger... mais je ne sais pas quoi... un barbecue te tente ?

— Pourquoi pas ?

— T'inquiète pas, si tu as faim d'autre chose, je te le donnerai après !

David l'embrasse une dernière fois et sort de la chambre. Marisol se lève, remet ses sous-vêtements et ramasse la chemise de David pour la mettre. Elle va se passer le visage à l'eau et se regarde en souriant.

— Tu es vraiment très belle et là... encore plus ! Tu sais... Je crois que... Non, laisse, tu vas me trouver con !

David sort de la salle de bain, mais ce coup-ci, c'est son poignet qui est retenu. Il se tourne et croise les grands yeux verts de Marisol.

— Non, dis-moi...

— Laisse tomber, tu vas croire que je me moque de toi !

— Mais non !

David respire un grand coup.

— Je crois... Enfin je suis sûr que je suis en train de tomber littéralement amoureux de toi !

Marisol ne dit pas un mot et David, en soupirant, commence à s'en aller.

— Non, reviens !

Le jeune homme se stoppe et ne sait plus quoi faire.

— Je vais faire le barbecue et... oublie, laisse tomber !

— Non, je n'ai pas envie d'oublier, car moi aussi...

— Quoi ?

— Moi aussi je suis en train de tomber amoureuse...

David embrasse Marisol passionnément, il n'existe plus rien autour d'eux, c'est l'extase. Ils s'arrêtent pour respirer et David lui propose d'aller réellement manger.

— Oui, je veux bien.

La fin de soirée se finit dans la joie et les rires. Marisol explique un peu plus son rêve de ranch à David, puis les deux jeunes gens vont au lit.

Le lendemain, c'est une place vide que Marisol trouve à côté d'elle. Elle se lève et arpente la cabane. Sur la table de la cuisine, il y a un mot et une enveloppe : « *J'espère que ça te fera plaisir, ma puce* ». Elle ouvre l'enveloppe et trouve une location pour le week-end prochain en Andalousie. Elle pousse un cri de joie. Elle se dépêche de s'habiller pour aller le rejoindre au haras.

Pendant ce temps, David est occupé avec ses chevaux lorsque son père, sa mère et ses frères arrivent. Il sourit et s'appuie sur un des box en s'essuyant les mains.

— Houla il y a du renfort ce matin. Si vous voulez laver les box, il faudra enlever les costards !

Franck, le père de David, commence à parler.

— Il va falloir que tu sois raisonnable, mon fils ! Nous voulons vendre le haras et nous allons le faire. Évidemment, tu auras ta part et tout mon soutien dans ton futur projet.

David ne parle pas et laisse sa famille parler, sa mère, qui lui explique d'être raisonnable, ses frères qui essaient de le raisonner... David ne dit pas un mot et continue à sourire. D'un coup, Marisol surgit et se jette au cou du jeune homme, mais lorsqu'elle voit toute la famille, elle s'excuse et fait mine de partir.

— Non, ma puce, viens dans mon bureau pour parler, on sera mieux !

David plante sa famille et va s'enfermer dans le bureau avec Marisol. Cette dernière fronce les sourcils.

— Tu étais en train de discuter avec ta famille... Je ne veux pas te déranger.

— Tu ne me déranges pas du tout, que se passe-t-il ?

— J'ai vu l'enveloppe... tu as réservé une location pour trois personnes en Andalousie !

— Oui ! Pour ton père et nous !

— Mais pourquoi ? Tu es fou !

— Oui, de toi ! Tu crois que ça va trop vite, c'est ça ?

— Disons que je n'ai pas l'habitude de ce genre d'attentions et on ne se connaît pas depuis longtemps...

— Si ça te dérange, je te laisse y aller seule avec ton père.

— Non, je veux que tu sois là.

La jeune femme l'embrasse et lui dit qu'elle doit partir travailler. Il la serre contre lui et appuie son baiser. Quand elle sort, il n'y a plus personne de sa famille aux écuries. David part dans son bureau et rassemble des affaires, des papiers et autres, puis repart vers la cabane.

Chapitre 10

Marisol se rend au haras des Richards et évidemment, elle croise Jeff. Ce dernier ne la regarde même pas et la jeune femme s'en réjouit. La matinée se passe bien jusqu'à ce qu'elle s'en aille.

— Si je te propose un dîner, tu vas me frapper ?

Elle se retourne et fait face à Jeff, ce dernier est tout gentil. Marisol décline l'invitation et Jeff n'insiste pas. Cela surprend la jeune femme, mais elle s'en va et retourne à sa clinique. Elle fait son travail de la journée et essaie de joindre David, sans succès. Elle lui laisse deux messages, mais rien. Dans sa tête, plein de questions font rage : *peut-être qu'il a eu ce qu'il voulait, que maintenant c'est fini... Peut-être que j'ai été nulle, peut-être qu'il est occupé avec une autre...*

La jeune femme prend ses clés et rentre chez elle. Son père est de nouveau absent. Elle se déshabille et fonce à la douche. Quand elle sort, elle a un choc en trouvant sur le lit une magnifique robe blanche en mousseline. Elle regarde partout autour d'elle, mais ne voit personne. Elle enfile la robe et descend dans le salon, la lumière est tamisée et des bougies ont été allumées. Près de la cheminée, un homme. Il est de dos, mais Marisol n'a aucun mal à reconnaître la carrure de l'homme qui lui a arraché des cris de plaisir la nuit dernière.

— David ? Mais que fais-tu là ?

Le jeune homme se retourne et lui tend une coupe de champagne.

— Je suis venu m'excuser, je n'ai pas répondu à tes SMS ni à tes coups de fil car... je ne trouvais plus mon portable. Je l'ai retrouvé tout à l'heure sous le lit de la cabane. Il a dû glisser quand j'ai enlevé mon jean hier... Donc j'ai couru ici pour ne pas que tu t'inquiètes et pour que je puisse me faire pardonner.

— Mais tu es tout pardonné ! La robe est magnifique !

— C'est toi qui la sublimes ! Tu as passé une bonne journée ?

— Oui à part... Un truc bizarre. J'ai été au haras des Richards aujourd'hui et Jeff m'a demandé de dîner avec lui...

— Quoi ? Mais il te veut quoi, celui-là !

— Tu sais très bien ce qu'il veut ! Mais je lui ai dit non et il n'a pas insisté.

— Je n'aime vraiment pas ça, il n'a pas intérêt à te toucher sinon...

— Hé, calme-toi, je suis avec toi alors je...

— Je ne veux pas qu'il s'approche de toi !

David pose son verre avec fracas et tape dans le mur à côté de la cheminée, Marisol recule.

— Tu me fais peur.

David prend une cigarette et va dehors. Marisol le rejoint. Elle pose sa main sur son avant-bras.

— David... Je lui ai dit non, ne t'inquiète pas... fais-moi confiance !

— Oui, j'ai confiance en toi, mais pas en lui !

— C'est un coureur de jupons, c'est tout. Il a vu qu'il ne pouvait pas m'avoir et il a lâché l'affaire !

— Non, c'est plus que ça... Laisse tomber, je dois y aller.

— Tu es sérieux là ?

— Oui je te laisse, j'ai des papiers à signer. Je t'envoie un SMS quand j'arrive chez moi.

Marisol ne dit rien et laisse David partir. Même pas un baiser, rien du tout ! Elle ferme la porte à clé derrière lui et monte dans sa chambre. Elle s'effondre en sanglots sur son lit. Petit à petit, elle se ressaisit et entend soudain son portable vibrer :

« Désolé, pas trop bien ce soir, des papiers à faire, je te rappelle demain. Bye. »

Marisol est dégoûtée par le SMS de David, tant il est froid. Elle ne répond pas et s'apprête à se coucher sans manger, lorsqu'elle reçoit un autre SMS :

« Tout va bien ? Tu ne réponds pas ? »

Marisol éteint son portable, se déshabille, se couche et s'endort en pleurant.

Le lendemain, c'est une jeune fille avec des grands cernes qui se lève et va déjeuner. Lorsqu'elle a fini, elle se prépare et sort pour aller à la clinique. Sur le pas de sa porte, elle trouve un bouquet de roses rouges avec un mot : *« Désolé pour hier soir, mais fatigué »* ; elle regarde le bouquet et le jette dans sa poubelle. Lorsqu'elle arrive au cabinet, elle annonce à Dan qu'elle sera en déplacement toute la journée et qu'il ne devra l'appeler qu'en cas d'extrême urgence.

— Bien sûr, pas de problème.

Marisol monte dans sa voiture et s'en va.

David arrive à la clinique, essoufflé, et regarde Dan.

— Où est-elle ?

— Bonjour, Monsieur Wingleton ! Je suppose que vous parlez de Marisol, elle n'est pas là de la journée, c'est son jour de repos !

— Ne me mentez pas, je sais qu'elle vous a dit de dire ça ! Il y a eu un malentendu ! S'il vous plaît !

Dan soupire, mais devant la détresse de David, il répond.

— Elle n'est pas joignable de la journée, mais à partir de dix-sept heures, elle sera chez les Richards.

— Elle y va encore !

— Oui, c'est son travail.

David part de la clinique en claquant la porte et continue de téléphoner à Marisol. Sans réponse de sa part, il décide d'attendre jusqu'à ce qu'elle se rende chez les Richards. À dix-sept heures, Marisol arrive, gare sa voiture, attrape sa mallette et va en direction des écuries. Tout se passe bien, encore une fois, jusqu'à ce que Jeff lui redemande de dîner avec elle. Elle n'a pas le temps de répondre qu'une autre voix masculine le fait à sa place.

— Non, elle ne viendra pas, Jeff, et laisse-la tranquille à l'avenir !

— Tiens, Wingleton, c'est une manie chez toi de rentrer sans prévenir !

— Laisse-la tranquille, ne t'approche pas d'elle.

Marisol intervient.

— David, calme-toi, il n'a rien fait...

— Oui, écoute-la, David, je ne lui ai encore rien fait !

Jeff explose de rire et une bagarre éclate entre les deux hommes. Marisol essaie de les séparer, mais rien n'y fait, alors elle décide de s'en aller, tout simplement. David la voit s'éloigner, il se calme et se dirige lui aussi vers son véhicule, et surtout vers Marisol.

— Ça va ?

— Oui, ça va ! Mais qu'est-ce qui te prend ?

— Écoute, je ne veux pas qu'il s'approche de toi et qu'il...

— Et qu'il quoi ? Il m'a juste invitée à dîner ! Laisse-moi passer, je vais à ma voiture !

Marisol monte dans sa voiture et s'en va. Quand elle arrive chez elle, elle voit un SMS : « *Si tu veux une explication, viens à la cabane* ». Elle ne répond pas, mais s'habille et part en direction de la cabane. Quand elle arrive devant, elle hésite, mais rentre finalement. Elle voit David, torse nu sur la terrasse, elle s'approche et tousse pour indiquer sa présence.

— Marisol ! Viens...

— Non, rentre, je ne vais pas rester longtemps !

— S'il te plait, écoute-moi.

Marisol enlève sa veste et s'assied sur le canapé. David enfile un tee-shirt et s'assied à côté d'elle. Le silence devient pesant et Marisol commence à se lever, mais David entame son récit.

— Je sais que depuis hier soir je suis bizarre...

— Non, tu es bizarre dès qu'on parle de Jeff ! Écoute, soit tu me donnes une explication, soit je m'en vais !

— Ça remonte à un peu plus d'une dizaine d'années. C'était la première fois que je tombais amoureux, j'étais vraiment heureux et un soir... elle m'a annoncé qu'elle devait rester chez elle car elle bossait. Moi, j'étais allé à une soirée et après, j'ai décidé d'aller chez Jeff, c'était un de mes meilleurs potes à l'époque. Je débarque chez lui et...

— Ne me dis pas que...

— Si, Jeff et ma copine étaient en train de coucher ensemble dans un box... Je me suis juré que plus jamais je ne tomberais amoureux, que toutes les femmes étaient les mêmes !

— Tu le penses toujours ?

— Tu es différente des autres femmes !

Marisol sourit et l'embrasse. David lui rappelle que demain, il passe la prendre pour le week-end.

— Déjà demain ?

— Oui, on part un jour avant, tu n'as pas vu la date sur les billets ?

— Non ! Mais c'est génial ! Je suis... trop contente !

Marisol repart non sans avoir câliné David. Ce dernier la supplie de rester dormir, mais elle lui répond qu'elle doit préparer ses affaires pour le lendemain. Il la prend par la taille et lui affirme que ce n'est que partie remise.

Le lendemain, David se retrouve à neuf heures devant chez Marisol. Il sonne à la porte et se retrouve nez à nez avec Diego. Ce dernier est tout ému.

— Je ne vous remercierai jamais assez ! Merci beaucoup.

— Mais ce n'est rien du tout, c'est normal !

— Non, pour moi c'est beaucoup, mon garçon... Tiens, j'entends ma fille qui descend.

Effectivement, Marisol arrive et David a du mal à lui dire bonjour. Elle porte une robe rose avec un beau décolleté. Elle rougit et lui dit bonjour.

— Heu... oui... bonjour ! On y va !

Les trois personnes montent dans le taxi et se rendent à un petit aéroport. Marisol questionne David.

— Je n'ai pas vu de réservation d'avion...

— Ma puce, je n'ai pas besoin de réservation d'avion...

David l'aide à descendre du taxi et lui montre un jet privé.

— ... J'ai le mien !

— Ce n'est pas vrai !

— Si !

Marisol rigole et monte à bord avec son père et David. Le voyage se passe bien. David en profite pour poser plein de questions sur l'Andalousie. Marisol et son père y répondent avec bonne humeur. L'avion se pose et tout le monde descend, une voiture les attend. Elle les emmène à un magnifique hôtel. David s'approche de la réception. La réceptionniste est une jeune femme d'une vingtaine d'années, brune aux yeux bleus. Quand elle voit David, elle se trémousse un peu.

— *Buenos días, señor.*

— *Buenos días, señorita*, j'ai réservé deux chambres au nom de Wingleton.

— *Ho américano? Si, Señor!* Une pour mademoiselle et son père et une autre... pour vous seul ?

— Non, une pour mademoiselle et moi et l'autre pour son père.

— Ha, *disculpeme*. Voici les deux clés.

— Merci.

Marisol ne bouge pas, elle a tout entendu de la réceptionniste et la regarde dans les yeux. David se penche à son oreille.

— Il faut que tu arrêtes ma puce, tu vas la tuer sur place et en plus... ce n'est pas elle que j'ai l'intention de faire crier cette nuit !

Marisol devient rouge et quitte des yeux la réceptionniste, tout en tapant gentiment l'épaule de David. Ils accompagnent Diego à sa chambre.

— Si vous avez besoin de quoi que ce soit, nous sommes à côté !

— Profitez, les jeunes !

Le couple entre dans la chambre et Marisol pousse un cri de joie.

— C'est vraiment magnifique !

— Tu aimes vraiment ?

— Il faudrait être difficile pour ne pas aimer, là, non ?

— J'ai essayé de faire simple, je ne voulais pas un palace, mais quelque chose de convivial.

— Tu as parfaitement réussi ! C'est magnifique !

— Si ça te plaît, c'est le principal !

— Oui, ça me plaît beaucoup.

David l'embrasse délicatement et ensuite de plus en plus passionnément. Il la caresse au niveau de la nuque, du dos, des reins. Il glisse à son oreille :

— J'ai envie de toi, j'en ai envie depuis que je t'ai vue descendre les marches ce matin...

— Alors qu'est-ce que tu attends ?

Il n'en faut pas plus à David. Il fait glisser la fermeture éclair de la robe de Marisol et la lui enlève. Il porte la jeune femme sur le lit, l'allonge et lui fait l'amour.

— Hum, tu es super.

— Je sais, je te l'ai dit, jamais tu ne pourras simuler avec moi !

— Tu sais, il n'y a pas qu'au lit qu'on peut simuler !

— Tu veux dire quoi ?

— Tu verras en temps et en heure !

— Heu...

Marisol se lève, ouvre sa valise et s'habille, sous le regard affamé de David.

— J'ai vu un bar en bas pour manger un morceau.

— Hum crois-moi que si j'ai vraiment faim, ce n'est pas au bar que j'irais.

— Arrête de plaisanter, j'aimerais vraiment te montrer quelque chose !

David se lève et se rhabille, il enfile son jean, son tee-shirt, ses santiags et son stetson. Marisol rougit, car elle a remarqué que David n'a pas remis son boxer. Il a compris.

— Ça ira plus vite quand on rentrera !

— Pff, idiot !

Elle l'emmène par la main et ils sortent du petit hôtel. Un peu plus loin, il y a des écuries. Marisol s'avance près d'un homme.

— Paolo ?

L'homme se retourne. Il a une trentaine d'années, il est costaud, les yeux bleus et une belle musculature. Il regarde Marisol.

— Non ? Mais c'est la bohémienne américaine ! Que fais-tu ici, ma belle ? Diego est là ?

— Oui, papa est là, il passera tout à l'heure. Dis-moi, tu peux me prêter deux chevaux ?

— Pour toi ? Mais tout ce dont tu as besoin, ma belle !

Un toussotement derrière Marisol met fin à ce moment de complicité. Le fameux Paolo regarde David dans les yeux. Marisol se charge des présentations. Paolo commence à parler.

— Houla, Javier est au courant que tu es avec un Américain ?

— Oui, il le sait et il accepte !

— En même temps, avec ton caractère, il ne doit pas avoir beaucoup le choix !

Paolo et Marisol rigolent. David s'appuie sur la barrière et serre ses poings. Une étrange sensation s'empare de lui, il a une envie incontrôlable de coller son poing dans la figure de Paolo, surtout quand ce dernier se permet de poser une main sur la hanche de Marisol en rigolant. C'est trop ! David traverse la rue et va au bar d'en face, sans entendre les appels de Marisol. Il arrive et voit la serveuse.

— Un double whisky, s'il vous plaît !

— *Hola señor !* Bien sûr, dure matinée, apparemment !

— C'est peu dire !

La serveuse le sert et David boit d'un trait. Il sent une main se poser sur son avant-bras.

— Ça ne va pas ?

Il se tourne et croise les yeux verts de Marisol. Il ne peut pas résister et arrête de faire la tête.

— Rien, laisse tomber !

— Pas à moi !

Marisol a haussé le ton et tout le monde arrête de parler. David ne veut pas régler ça ici, il veut l'entraîner ailleurs, mais Marisol l'en empêche.

— Ne t'inquiète pas, ici tout le monde me connaît ! Oui, tu as choisi un village qui se trouve juste à côté de ma maison d'enfance, donc je connais, ici ! Maintenant, que se passe-t-il ?

— M'afficher, très peu pour moi !

David pose son verre, paye la serveuse et s'en va du bar. Marisol court et le rattrape par le poignet devant le bar.

— Mais je ne comprends pas, tout allait bien ! Et d'un coup...

David se retourne.

— Et d'un coup tu rigoles avec un autre mec, tu le touches, il te touche et... Je ne sais pas ce qui m'arrive, je n'ai jamais eu autant envie de coller mon poing dans la gueule d'un mec ! Ça te convient comme explication ?!

Marisol le lâche et le regarde. Elle est un peu déconcertée.

— Tu es... jaloux ?

— Non, je ne l'ai jamais été.

— Tu es jaloux !

— Arrête ! Non !

— Non ? Tu as envie de le frapper alors qu'il s'approche de moi, mais tu n'es pas jaloux, à d'autres !

David soupire et s'éloigne, mais Marisol le rattrape à nouveau. Elle se glisse sur la pointe des pieds et l'embrasse. Le jeune homme fond et accentue son baiser, devant une foule qui s'est arrêtée pour les regarder. David arrête.

— Bon, on la fait cette balade ?

— Oui !

David descend les marches, mais Marisol ne le suit pas. Elle réfléchit et l'appelle en criant son prénom. Il se retourne et court vers elle.

— Que se passe-t-il ?

— Tu es le seul qui compte à mes yeux. Je sais, c'est soudain, c'est rapide, appelle ça un coup de foudre, je n'en sais rien, mais... C'est comme ça !

Le jeune homme passe sa main sur la nuque de la jeune femme et l'embrasse à nouveau avec passion. Ils se séparent et rigolent en même temps. Ils retournent voir Paolo et prennent deux chevaux. Paolo veut aider la jeune femme à monter, mais une main virile se pose sur la taille de Marisol et un regard noir se pose sur Paolo.

— Ne vous inquiétez pas, je sais le faire !

— Bien sûr, monsieur... Je ne voulais pas vous offenser ou autre, je connais Marisol depuis tellement d'années, c'est tout ! Il n'y a aucun mal !

David ne répond pas et aide la jeune femme à monter. Une fois en haut de son cheval, elle regarde Paolo.

— Laisse, il vient juste de découvrir ce qu'était la jalousie !

David soupire, monte sur son cheval et part au galop hors de la ville, la jeune femme sourit et s'élance à son tour pour le rattraper. Elle y parvient quand il se trouve en haut d'une colline. Il veut repartir, mais elle émet un sifflement et le cheval sur lequel il est ne bouge plus. Il a beau s'énerver dessus, rien n'y fait. Une fois à sa hauteur, elle le regarde.

— Tu peux faire ce que tu veux, tant que je ne lui dirai rien, il ne bougera pas ! C'est mon cheval que tu as ! Je l'ai élevé et l'ai laissé en pension chez Paolo quand je suis partie, mais il me reconnaît ! Moi, j'ai celui de mon père, un peu moins obéissant, mais ça va.

— Tu as toujours le dernier mot !

— Tu m'as dit que tu aimais les défis ? Moi aussi ! Déjà, le premier a été d'être avec toi !

— Un défi ?

— Ho oui, réussir à dépasser ma peur d'être trahie a été énorme !

— À ce point ?

— Je te rappelle qui tu étais il n'y a pas encore deux semaines ?

— Non, c'est bon...

— Bon, allez, viens ! Je vais te montrer un rêve !

Le couple galope à travers les collines d'Andalousie pendant une dizaine de minutes et d'un coup, Marisol s'arrête. Elle descend de cheval et David en fait autant. Devant eux se dresse une *hacienda* en ruine, mais dans un cadre splendide. Vue sur la mer et entourée de hautes collines. L'*hacienda* est dans un état dramatique. Elle se tourne vers David.

— Voilà mon rêve !

— Cette *hacienda* ?

— Oui, c'est bête... mais c'est ça...

— Aucun rêve n'est idiot ou bête ! Explique-moi en détail.

Les deux jeunes gens se rapprochent de la bâtisse et Marisol commence à expliquer.

— Je veux garder les vieilles pierres qui sont encore en bon état ! L'agrandir également et créer un ranch. Je veux également faire venir des racines américaines ici ! Et à côté un petit cabinet vétérinaire pour les gens du village... C'est ambitieux, non ?

— Pas du tout, c'est un magnifique projet ! Et les États-Unis ne te manqueront pas ?

— Pas du tout !

Elle dit ça avec tellement de joie que David s'en vexe un peu. En s'en apercevant, la jeune femme se rapproche de lui.

— Il n'y a que toi qui me poserais problème... Je ne saurais comment vivre notre relation, mais bon, le problème ne se pose pas ! Je n'ai pas les moyens de me payer ce petit bout de terrain et encore moins les travaux... Même si le village avait commencé à se cotiser...

— Ha bon ?

— Oui, car un entrepreneur veut tout détruire et construire un complexe hôtelier...

— Oui, avec cette vue, c'est normal que ça attire du monde !

— Tu ne te rends pas compte. Si ce projet hôtelier prend forme ici... Adieu mon village d'enfance, adieu la tranquillité et bonjour au tourisme ! Ici, nous sommes un village de bohémiens et non un village pour les bourgeois guindés pleins de fric ! Ho... Pardon...

— Pourquoi ? Tu trouves que je suis un bourgeois guindé plein de fric ? Bon, pour le dernier point c'est vrai mais... Je ne regarde jamais les gens de haut et je les juge à leur juste valeur !

— Oui, je sais, mais... Peut-être que dans ta famille...

— Ha même pas, mes frères sont comme moi là-dessus !

Marisol ne répond pas et continue de regarder cette *hacienda* en ruine et une larme perle sur sa joue.

— En plus, ça aurait plu à mon père... Tu vois la colline au fond ? C'est là que ma mère lui avait annoncé être enceinte de moi...

— Ne sois pas triste, tu y arriveras peut-être, courage !

Le jeune couple repart et continue son week-end. David fait connaissance avec d'autres membres de la famille de Marisol, il apprend les coutumes des bohémiens et comprend que la jeune fille est vraiment aimée de sa famille et de ses amis. Il est averti à plusieurs reprises de ne pas s'amuser avec la jeune femme. Mais surtout, il se rend compte que malgré qu'il soit un *gadjo*, tout le monde l'accepte.

Chapitre 11

De retour aux États-Unis, Marisol se réveille et n'arrive pas à se remettre de son week-end. Elle plane encore sur un petit nuage. Elle est toute joyeuse pour aller travailler. Elle commence sa journée au cabinet et, à sa pause de midi, décide d'aller voir David. Ce dernier est en grande conversation avec une grande blonde qui ne se prive pas pour le draguer sans se cacher. Marisol arrive derrière et David lui fait signe de s'approcher.

— Docteure Merino, je vous présente Rachel, elle est nouvelle au haras et a un magnifique pur-sang. Il restera ici pendant six mois environ. C'est ça, Rachel?

— Vous avez tout compris, Monsieur Wingleton.

— Appelez-moi David! Et tutoie-moi.

— Bien, David, moi aussi je préfère, ça fait trop guindé sinon. Bon, on signe les papiers?

— Oui, nous allons passer dans mon bureau. Tu viens?

— Bien sûr!

Marisol ne bouge pas, David ne la regarde pas et s'empresse de passer devant Rachel pour lui ouvrir la porte et la refermer derrière eux. Marisol ne comprend pas et toute sa joie du matin retombe, surtout quand elle entend David et Rachel rigoler ensemble. Elle remonte l'allée et monte dans son véhicule lorsqu'une tape à la vitre la fait sursauter. Elle se trouve face à Nick.

— Oui?

— Désolé de t'avoir fait sursauter, je voulais savoir si monsieur David était disposé pour me parler, il est tellement à bout en ce moment...

Marisol redresse la tête et regarde Nick.

— Ho il doit être détendu, il est dans son bureau avec une grande et belle blonde. Fais attention, le bureau est fermé et à chaque fois que je l'ai ouvert à l'improviste, j'ai eu des mauvaises surprises !

Marisol démarre en trombe et quitte la propriété. Quelques minutes plus tard, David arrive et regarde Nick.

— Tu lui as fait quoi ?

Nick lève les sourcils, met ses mains devant lui et rigole.

— Attend, c'est moi que tu accuses ? Tu peux t'en prendre qu'à toi et ta blonde ! Sur ce, je voulais discuter, mais je ne veux pas déranger ou en prendre plein la poire ! Bye !

Nick plante David et ce dernier attrape son portable pour appeler Marisol, mais, comme il s'y attendait, elle ne répond pas. Il jure à voix haute et il entend la voix de Darren derrière lui :

— Compliquées, les femmes ?

— Oui, assez !

— J'en sais quelque chose, crois-moi, mais quand c'est la bonne, tu ferais tout pour elle et plus rien n'existe autour.

— Darren, je te remercie, mais je suis encore fâché contre vous. Trouve ça puéril si tu veux, mais je vous en veux à tous les trois. Bonne journée.

David va dans le garage, sort sa moto et se dirige vers la clinique où il voit Dan.

— Vous chercher la Dre Merino ? Elle est chez un client, un chat s'est blessé.

— Je ne savais pas qu'elle faisait les petits animaux...

— Si, Marisol travaille pour tout le monde. Vous voulez lui faire passer un message ?

— Non... Bonne journée, Dan.

Le téléphone de David sonne au même moment.

— Allô ? ... Patrick ? Whaou ça fait super longtemps, mec ! ... Un an ? Non, au moins deux ! Ce soir, au bar ? Super, j'en connais un sympa !

David raccroche et ne cherche pas à rejoindre Marisol. Il estime que lorsqu'elle voudra s'expliquer, elle n'aura qu'à venir.

Le soir, David se prépare à sortir de la cabane lorsque son portable bipe. Il court, mais voit un SMS de Rachel : *« Salut ! Pour te dire que demain je serai un peu en retard. Je sais ce n'est pas très poli pour la première fois, mais impératif pro, j'ai un shooting photo avant. Bisous ! »*

David lui répond qu'il n'y a pas de soucis, qu'il préviendra l'entraîneur.

Il finit de se préparer et va au bar espagnol où il a donné rendez-vous à Patrick. Il le voit en compagnie de deux autres hommes, fronce et s'approche.

— Armendo ? Fred ? Mais que faites-vous ici ?

Les deux hommes saluent David.

— Patrick est passé nous prendre sur le chemin, il a dit qu'une réunion des anciens serait cool !

— Il a bien fait ! Que devenez-vous ?

Chacun y va de sa petite histoire, de ses blagues, et les verres s'enchaînent. Le sujet des femmes arrive bien vite et c'est Patrick qui commence.

— Houla, moi, c'est une femme dans chaque ville ! Voire plusieurs, même !

Armendo et Fred racontent aussi leurs petites anecdotes sur les filles et demandent à David où il en est.

— Alors, toujours avec les femmes mariées et les top models ?

— J'ai rencontré une femme...

— Non, tu t'es casé ?

David hésite et l'alcool, plus le regard interrogateur de ses amis, le font mentir.

— Vous êtes des fous ! Non, c'est comme ça pour l'instant, on verra où ça me mène, surtout que depuis ce matin il y a une petite nouvelle au haras ! Miam une belle blonde, un mètre soixante-quinze à peu près et bien gaulée... À mon avis... Enfin, vous voyez où elle va passer !

Les quatre hommes explosent de rire, mais s'arrêtent aussitôt, car David vient de recevoir un verre de jus de fruits sur la tête. Il commence à jurer, mais lorsqu'il croise les yeux émeraude de la personne en face, il devient blanc comme un linge. Il veut s'expliquer, mais elle ne lui en laisse pas le temps.

— Ne te fatigue pas ! J'ai été naïve, c'est tout. Je t'interdis de m'approcher et de me parler, sauf pour des raisons professionnelles. Ne viens plus au cabinet, et encore moins chez moi. Je te raye de ma vie, David, c'est fini !

La jeune femme s'en va, David se lève et hurle.

— MARISOL !

Elle ne se retourne pas, appelle un taxi et s'en va. La copine avec qui elle était venue, Sonia, se lève de la table à côté du bar et s'apprête elle aussi à sortir. David la retient par le bras, mais croise le regard furieux de la jeune femme.

— Je vous conseille de me lâcher et très vite, sinon je hurle et je peux vous promettre que votre réputation va en prendre un coup ! Vous n'êtes qu'un gros porc, ne vous approchez plus jamais d'elle !

David la lâche et s'écroule à terre.

— Mais qu'ai-je fait ?

Patrick l'aide à se relever.

— Mais c'est qui cette fille ? En tout cas un sacré lot, si elle est dispo je...

Il ne finit pas sa phrase qu'il se retrouve plaqué contre le comptoir par un David méconnaissable.

— Je t'interdis de la toucher, de la regarder ou de baver sur elle ! Elle est à moi !

David le lâche et s'en va, furieux, il monte sur sa moto et va se chercher à boire. Il rentre à la cabane et commence à se saouler. Il appelle ses parents en expliquant qu'il ne sera pas au haras demain, puis il raccroche. Il continue à boire lorsqu'il entend qu'on frappe à sa porte. Il ouvre et voit Darren et James.

— Tiens, mais regardez qui est là, les faux-culs ! Vous voulez quoi ?

— David... Mais tu as bu ?

James s'avance et trouve trois bouteilles vides à ses pieds. Il regarde David et voit que son frère a du mal à tenir debout.

— Il faut t'asseoir…

— N on !

Il sort sur la terrasse et titube de plus en plus, jusqu'à tomber dans le lac à côté. James et Darren n'ont pas le temps de sauter qu'une personne passe en coup de vent devant eux et plonge dans le lac. Une voix féminine hurle en même temps.

— NICK !

Crystal arrive en courant et se met à côté de James et Darren. Ce dernier la prend dans ses bras.

— Ne t'inquiète pas, il sait nager.

Effectivement, il refait surface avec David, James l'aide à le remonter sur le ponton et Nick se hisse également.

Nick enlève son tee-shirt trempé, Crystal sourcille et sourit, puis elle se blottit contre lui et lui glisse à l'oreille :

— Hum, je n'aimerais pas laisser ça à une autre !

Nick l'embrasse et lui répond :

— Tout est à toi, princesse !

De son côté, James est en train de tenir David, tandis qu'il vomit tout l'alcool ingurgité. Crystal rentre dans la maison et ressort avec une serviette et une couverture. Elle les pose sur son beau-frère. Les frères le font rentrer et l'installent sur le canapé. James regarde Nick.

— Tu venais faire quoi ici, d'ailleurs ?

— Dire au revoir, on a une tournée qui nous attend avec Crystal ! Et vous ?

— On voulait lui parler par rapport à la vente, lui faire comprendre qu'on n'y était pour rien...

David gémit et se relève doucement, il titube jusqu'à la vitre et tape dedans.

— De toute façon, je n'en ai plus rien à foutre de la vente de ce haras, je pourrais me retrouver à la rue ou vivre dans cette cabane jusqu'à la fin de mes jours, je n'en aurais rien à faire !

David s'effondre à terre et pleure. Ses frères l'aident de nouveau à se relever et lui demandent ce qui ne va pas.

— Je l'ai perdue à jamais, j'ai fait une immense connerie... Jamais elle ne me pardonnera !

— Marisol ? Mais...

Nick intervient.

— Elle était déjà en colère ce matin à propos d'une blonde... c'est ça ta connerie ?

— Si ce n'était que ça...

Crystal, qui s'était absentée deux minutes, lui tend un grand verre d'eau.

— Prend ça, il y a du citron dedans. Avec tout l'alcool que tu as bu, ça va te faire du bien.

— Tu crois ?

— Fais-moi confiance, du milieu où je viens... C'est fréquent que... Enfin bref ! Bois !

David boit et explique à tout le monde sa journée. Nick le regarde.

— Pour plaire à tes potes, tu as gâché ta relation avec ta meuf ?

— Oui, c'est bon, j'ai agi comme un con, je le sais !

— Non... Tu as voulu faire l'intéressant face à tes potes et tu n'es pas en couple depuis longtemps, le regard de tes potes t'a peut-être fait peur...

— Oui, j'ai eu peur qu'ils pensent que j'avais changé et qu'ils me lâchent.

— Dans ce cas, ce ne sont pas des potes. Des amis veulent ton bonheur.

— Je sais, la preuve…

David montre son téléphone et ses échanges avec ses amis après l'altercation au bar, on peut lire des SMS du style : « *Heureusement que tu n'es pas en couple avec une furie pareille* », « *Whaou, à part un déhanché sublime, c'est une folle* », « *Demain on te trouve de quoi te rassasier* », « *Soirée célibataire demain ! Pas de gonzesse accrochée à nos cous* ». David balance son portable et recommence à s'énerver. Ce coup-ci c'est Crystal qui s'approche de lui.

— Tu l'aimes ?

— C'est difficile à dire...

— Tu as envie qu'elle soit près de toi ?

— Oui

— Tu es jaloux si quelqu'un s'approche d'elle ?

— Oui, je m'en suis aperçu…

— Quand tu la vois, tu te sens comment ?

— Un autre homme, je me sens bien. Je peux avoir tous les problèmes du monde, je me sens bien.

— Que ressens-tu, là ?

— Un vide, j'ai juste envie de me noyer et de ne plus jamais sortir de ma torpeur.

— Alors ne cherche plus, tu es raide dingue de cette femme !

— Tu crois ?

Tout le monde rigole et Crystal reprend son sérieux.

— Vu sa réaction, je dirais qu'elle aussi est raide dingue de toi. Maintenant tu vas ramer, tu vas avoir mal, mais il faut que tu la récupères !

— Laisse tomber, elle ne veut plus me voir et...

Nick prend la parole.

— Lève-toi, tu es un Wingleton et aucune femme ne peut nous résister ! Elles sont toutes à nos pieds !

Les deux autres frères approuvent, mais un raclement de gorge les ramène à la réalité. Crystal regarde James et Darren.

— Vous deux, je ne sais pas ce qu'en penseraient Hope et Nina si je leur disais ce que vous pensez. Quant à toi, mon cher Nick, je suis loin d'être à tes pieds ! Tu l'as oublié ?

Nick soupire et rigole.

— C'est une façon de parler, mon ange !

— Ouais... En tout cas, David, il faut te relever et lui montrer que tu es digne d'elle ! Bon, je vous laisse, je vais me coucher. On part de bonne heure demain.

Crystal embrasse tout le monde en leur disant au revoir et à bientôt. Darren la retient un peu.

— Tu reviendras pour le baptême ?

— Je suis la marraine, alors bien sûr que oui ! Et dans tous les cas, on serait revenus, ça me donne une occasion de te voir !

Crystal s'en va et Nick regarde son frère avec insistance. Darren soupire et lève les yeux au ciel. Les quatre frères passent la nuit ensemble à discuter et à rire.

Chapitre 12

Au petit matin, une fois que tout le monde est parti, David va se doucher et une idée envahit son esprit. Il s'habille et fonce au haras. Il avertit Terrence qu'il ne sera pas disponible pendant trois ou quatre jours. Il croise ensuite Rachel.

— Mais je suis là pour mon cours !

— Oui, et ?

— Et je veux mon cours !

— Oui, l'entraîneur est là. Par contre, ce n'est pas en jupe courte que vous allez pouvoir faire de l'équitation !

— Ha tu l'as remarquée... Hum, mais je me disais qu'après on pourrait aller boire un verre ? Et pourquoi tu me vouvoies ?

— Vous êtes une cliente, donc je vous vouvoie. Quant au verre, c'est impossible, je suis en couple ! Bonne journée, Madame !

Il plante Rachel et fonce au haras des Richards.

Justement, Marisol y est depuis six heures du matin. Il y a eu un accident avec un cheval et la jeune femme s'en occupe. Vers dix heures, elle s'effondre et Jeff vient la soutenir. Il l'emmène dans son bureau.

— Je ne vais rien te faire, ne panique pas !

— Je sais, tu as compris que je ne voulais pas et tu respectes. J'apprécie, des hommes honnêtes et droits, il n'y en a pas beaucoup !

Jeff lui sert un café avec des croissants. Il s'assied près d'elle et en prend un lui aussi. Ils ne font même pas attention à l'homme qui est derrière la porte entrouverte. Marisol s'effondre, Jeff lui met la main sur l'épaule.

— Ça ne va pas ? Je sais qu'on a eu un mauvais départ, mais... Si tu veux parler...

— Laisse tomber, je te remercie.

— C'est David ?

Marisol ne dit rien et Jeff en déduit que oui, il se lève et se passe la main dans les cheveux.

— Je suis mal placé pour t'écouter... Je ne sais pas s'il t'a raconté, mais sa première copine...

— Oui, il m'a dit que tu la lui avais volée et couché avec.

— Je vois, il t'a raconté cette version !

— Comment ça « cette version » ?

— Il raconte à qui veut l'entendre que c'est moi qui la lui ai volée... Mais ce n'est pas la vérité ! David et moi, on était potes et on a lorgné sur la même fille. Pour éviter tout problème, on s'était dit que dans ce cas, aucun de nous deux ne l'aurait, mais il a rompu notre promesse et il est sorti avec. Je lui ai finalement pardonné, on faisait des sorties, on s'amusait et un soir, elle est venue me voir en pleurant. Elle avait surpris David en train de draguer ouvertement une autre fille, et oui... ça a dérapé et en la consolant, j'ai couché avec elle. Alors, oui, d'un point de vue extérieur, ça peut être dégueulasse, mais on était jeunes et...

— Oui, ça a dérapé... À dix-huit ans, ça arrive et dans cette situation, je peux comprendre la jeune femme. Quand on aime une personne et que cette dernière nous trahit... C'est horrible...

— C'est bien ça, il a recommencé avec toi ?

— Je ne sais plus quoi penser...

Jeff se rassied et s'approche de plus en plus de Marisol. Cette dernière se sent de plus en plus vaseuse. Jeff met ses mains sur ses épaules et lui propose de se coucher pour se détendre.

— Je ne comprends pas pourquoi je suis autant fatiguée... Je... Je...

— Laisse-toi aller, je vais prendre soin de toi, ne t'inquiète pas, ma jolie !

Jeff se penche sur Marisol et juste avant de toucher ses lèvres, il reçoit un immense coup de poing sur le visage et est projeté en arrière. À ce moment-là, Marisol s'évanouit. David, qui écoutait depuis le début derrière la porte, est entré et lance un regard rempli de colère à Jeff.

— Allons, David, calme-toi, je voulais juste la goûter ! Tu sais très bien qu'on partage tout !

— Certainement pas !

— Tu ne disais pas ça pour la minette que tu avais draguée sous le nez de ta copine il y a quelques années !

— Tu veux parler de la prostituée que tu avais engagée pour me faire du rentre-dedans et surtout, pour faire en sorte que ma copine arrive au bon moment ! Tu parles d'un ami ! Ne t'approche pas de Marisol, sinon tu auras des problèmes !

David porte Marisol dans ses bras et sort du bureau, il la dépose dans sa voiture et retourne au bureau de Jeff.

— J'étais venu te proposer de reprendre des clients à moi, je croyais que tu avais vraiment changé ! Mais non, tu es et tu resteras toujours un traitre !

David se dépêche et emmène Marisol à la clinique. Arrivé aux urgences, il appelle de l'aide. L'urgentiste arrive, David explique qu'un homme a drogué la jeune femme et il s'en va. De son portable, il appelle Diego et lui explique tout.

— Ce n'est pas vrai ! Je te remercie, mon grand, tu n'y restes pas ?

— Non... J'ai des choses à faire !

— OK, à plus tard. Je vais appeler Dan.

David s'en va et repart au manoir de ses parents. Il prend deux grosses valises et vide sa chambre : les vêtements, son ordinateur personnel, toutes ses affaires y passent. Il descend et fait face à ses parents, son père fronce les sourcils.

— Tu comptes vivre définitivement dans cette cabane ?

— Ça ne te regarde pas ! Pour l'instant, je m'en vais trois ou quatre jours pour affaires !

— Où ça ?

David regarde sa mère.

— Ça ne vous regarde pas. Vous, vous faites bien vos affaires dans mon dos !

— Tu ne vas pas partir comme ça sans rien dire ! Sinon...

— Sinon, quoi, papa ? Tu vas me faire la même scène que tu as faite à Nick ? Me couper les vivres ? Ne plus me parler ? Pour ta gouverne, avec mes économies je peux vivre tranquille sans votre aide jusqu'à la fin de ma vie. Quant à la scène que tu t'apprêtes à me faire, j'ai trente ans ! Je ne vais pas te laisser me détruire !

— David ! Écoute-moi, j'ai déjà perdu un fils comme ça durant tant d'années et je ne veux pas qu'on recommence ! Fais attention à toi... C'est tout ce que je te demande !

— Ouais !

David passe devant ses parents et quitte le manoir. Son père parle dans le vide.

— Aussi têtu que son frère, celui-là ! Comment veux-tu qu'il ait le sens des affaires et...

— Et quoi ? Écoute-moi bien, Franck. Oui, je te dois beaucoup, mais crois-moi, je deviens une lionne quand on parle de mes enfants ! Je me battrai jusqu'au bout et je ne te laisserai pas les détruire ! David est mal, on vend le haras dans lequel il travaille, dans lequel il est né et en plus, il a des problèmes avec sa copine !

— Virginie, je...

— Tu rien du tout !

Franck se rapproche d'elle et la charme en un regard.

— Hummm toujours autant tigresse, j'aime l'ardeur que tu as ! Toujours aussi belle quand tu te mets en colère !

— Et toi, tu es aussi flatteur que tes fils et aussi... charmeur !

Franck l'embrasse avec beaucoup de passion puis la regarde dans les yeux.

— Je suis désolé de m'être mis en colère. Je ne suis pas comme mon père et mes enfants sont tout pour moi, autant que pour toi. Jamais je ne permettrai à quelqu'un de vous faire du mal, mais... On vieillit et je m'inquiète pour eux... Je pense à l'après et...

Virginie attrape une photo des quatre frères, accompagnés de Nina, Crystal, Hope et les deux petits bouts. Elle sourit.

— Moi, je ne suis pas inquiète. Mes enfants sont géniaux, mes belles-filles sont super et nous avons des petits-enfants adorables. Et je pense que bientôt une nouvelle femme va intégrer ce beau tableau. La famille Wingleton a encore de très belles années devant elle !

Le couple s'embrasse et Monsieur Wingleton propose à Madame Wingleton de finir tout ça au premier étage.

David arrive à la cabane et finit de remplir sa valise, il appelle l'aéroport et demande que le jet soit près. Il reçoit également un SMS : « *Bonjour, même si cela ne change en rien ce qui s'est passé hier soir et mon avis sur toi, je te remercie pour tout à l'heure. Bonne journée* ». Il aimerait l'appeler et lui dire combien il est désolé et combien il tient à elle, mais il ne le fait pas il répond simplement : « *C'est normal, je n'allais pas te laisser avec lui et ses mensonges. Bonne journée* ». Il monte dans sa voiture et va à l'aéroport. Là-bas, le pilote lui demande la destination et David le regarde droit dans les yeux.

— La même que la dernière fois, direction l'Andalousie !

— Bien, monsieur !

Lorsqu'il s'installe dans le jet, il pose une question à l'hôtesse de l'air.

— Dites-moi, vous êtes en couple ?

— Oui, Monsieur, depuis huit ans.

— Si votre petit ami fait une bêtise... enfin une énorme connerie, mais qu'il s'en veut terriblement, vous lui pardonnez ?

— Tout dépend de la « connerie », Monsieur. S'il me trompe, c'est non. Après, ça dépend du contexte...

David décide de tout raconter à l'hôtesse de l'air.

— Ha oui, pas facile votre histoire. Je suppose que c'est la jeune femme qui était avec vous le week-end dernier ?

— Oui, c'est elle.

— Bon, déjà le bon point, c'est qu'elle est accro !

— Accro ?

— Oui, elle vous dévorait des yeux ! Mais de simples excuses ne suffiront pas... Et évitez les fleurs ou les bijoux, ça n'a pas l'air d'être son style !

— Non, effectivement, l'acheter ne sert à rien... Je vais utiliser la technique d'un de mes frères !

— Ha ? Si vous pensez que ça va marcher...

— Je vais lui prouver que je l'aime et que je suis sincèrement désolé et honteux de ce que j'ai dit. En tout cas, je vous remercie sincèrement.

— Il n'y a pas de quoi, vous faut-il autre chose ?

— Un whisky, s'il vous plaît.

— Bien sûr.

David est absorbé par des papiers pendant tout le vol et surtout par des coups de téléphone. Lorsqu'il arrive, un taxi l'attend et l'emmène dans une agence immobilière à El Lentiscal à Cadix, une grande ville. Quand il entre dans l'agence, un silence se fait entendre. Ses santiags font du bruit sur le parquet, il enlève son stetson et s'approche de l'accueil.

— *Buenos días Señora !* J'ai rendez-vous avec Monsieur Rodrig.

À ce moment-là, le fameux Monsieur Rodrig ouvre son bureau.

— Monsieur Wingleton ? Venez, je suis au courant de votre visite.

David s'avance et va dans le bureau. Il s'installe et l'homme face à lui commence à lui parler sans lui laisser le temps d'en placer une.

— Bon, j'ai bien eu le coup de fil de mon confrère, le terrain que vous convoitez est une propriété qui se trouve près du site historique de « Canteras Romanas ». J'ai malheureusement déjà plusieurs personnes sur le coup, en plus sur place il n'y a qu'une vieille *hacienda*, qui vous demanderait énormément de travail et je ne suis pas sûr que ce soit une tache qui convienne à un homme de votre rang ! Mais la bonne nouvelle, c'est que je peux vous proposer autre chose.

David se lève et s'apprête à sortir, mais l'agent immobilier l'arrête.

— Vous abandonnez ? Vous ne voulez pas autre chose à la place ?

— Ha non je n'abandonne pas, c'est ce morceau de terrain que je veux ! Mais mon contact aux États-Unis m'a fait comprendre que trois agences étaient sur le coup, donc je vais aller voir quelqu'un qui veut une commission pour sa vente !

— Attendez ! Revenez ! Je suis sûr qu'on peut s'entendre...

David fait demi-tour et se rassied.

— Je vais être franc avec vous, explique David, je sais qu'il y a un promoteur immobilier sur le coup pour tout raser et construire un complexe hôtelier. Cependant, il a un autre projet en cours, donc pour l'instant, il ne peut pas le financer ! Je suis donc le prochain acheteur potentiel sur la liste.

— Oui, il y avait une femme aussi, mais bon, entre nous, jamais elle n'aura le financement pour ! Quant au promoteur, je lui avais dit que je lui réservais le terrain...

— Et vous voulez voir la vue polluée par une immense bâtisse en béton ? Sans parler des petits villages aux alentours... Ces gens-là ne veulent pas qu'on modifie toute leur région !

— Bon, mais vous avez vu le prix du terrain ?

— Vous savez très bien qui je suis ! Ne tournez pas autour du pot. Et n'essayez pas de me jouer un vilain tour, je me suis déjà renseigné !

— Bon, je vais rédiger un contrat de vente, si j'ai bien compris.

— Oui, vous avez bien compris !

— Je dois vous énumérer à voix haute ce que contient le bien que vous achetez. Sur le terrain de trois hectares se trouve une demeure dans le style *hacienda* d'une superficie de deux cent cinquante mètres carrés avec beaucoup de travaux à faire. Il y a également neuf cents mètres carrés de constructibles. Sinon, aux alentours, il y a un aéroport à dix kilomètres et la ville, du moins le village le plus proche, se trouve à trois kilomètres. Tout cela pour le prix de... un million neuf cents dollars, ce qui nous donne un million six cent vingt et un mille sept cent quatre-vingt-trois euros. Je tenais à vous dire que...

David ne dit rien, il se lève et ouvre les deux valises qui se trouvent à ses pieds.

— Il y a deux millions d'euros. Je les ai déjà convertis, ils sont prêts à être déposés à la banque.

— Bon, je finis de rédiger et on y va.

En signant, David sourit et pense à Marisol. Oui, c'est bien le terrain de ses rêves qu'il vient d'acheter. Une fois les contrats signés et l'argent déposé à la banque, l'agent immobilier lui tend des clés.

— Je sais que ce n'est que symbolique parce que l'*hacienda* est ouverte de partout, mais voici les clés.

— Merci beaucoup, un plaisir de faire des affaires avec vous !

— Tous les papiers vous ont été transmis par mail et s'il y a un problème...

— Je sais où vous êtes ! *Hasta pronto !*

David appelle un taxi et se rend au village où il avait été avec Marisol. Il s'arrête au niveau de chez Paolo. L'homme le regarde et lui tend la main.

— *Hola amigo!* Marisol est là?

— *Hola!* Non...

David se passe la main dans les cheveux.

— J'ai fait une grosse connerie...

— À quel point?

— Elle ne me parle plus, ne veut plus me voir, ne veut plus que je l'approche...

— Ha oui, tu n'as pas dû y aller avec le dos de la cuillère... Bon, je vais faire une pause, on va boire un verre et tu vas m'expliquer!

David et Paolo vont au bar et les explications recommencent.

— Putain, pourquoi j'ai fait ça? Tout ça pour bien me faire voir auprès de mes potes, je suis vraiment un con!

— Alors oui, c'est sûr! En plus, Marisol n'est pas une femme comme les autres... Beaucoup d'hommes ici aimeraient être à ta place. Plus d'un ont essayé d'obtenir ses faveurs, mais personne n'y est arrivé. Elle a un sale caractère en plus!

— Oui un sale caractère, mais une beauté inégalée!

— Ça oui! crie un homme de l'autre côté du bar.

Paolo se retourne et demande le silence.

— Parmi les célibataires présents ici, lequel aurait aimé finir ses jours auprès de Marisol?

Tous les mecs lèvent la main et ils en parlent tous, mais avec un grand respect.

— Et moi, comme un con, j'ai laissé passer ma chance!

— Ne dis pas ça... Vu la façon dont elle te regarde... Elle est dingue de toi. Crois-moi, je suis son ami depuis très longtemps et jamais elle n'a regardé un homme comme elle te regarde ! Excuse-toi et prends soin d'elle, elle te reviendra.

— J'ai essayé de faire mieux...

David sort l'acte de propriété de l'*hacienda* et le donne à Paolo.

— Attends, ne me dis pas que c'est la vieille *hacienda* ?

— Si, et son terrain !

— Donc plus de projet d'hôtel ? À moins que tu veuilles...

— Je t'arrête de suite. Regarde à quel nom c'est...

— ... Merino... elle en rêve depuis tellement longtemps... Mais qui es-tu ?

— C'est un Wingleton !

David et Paolo se retournent. À l'encadré de la porte, se trouve une femme. Elle s'approche de Paolo et l'embrasse.

— David, je te présente ma femme, Carmen !

— Ta femme ?

— Beh oui, tu croyais quoi ?

— Je ne sais pas, je te voyais proche de Marisol et...

— Nous sommes tous proches des uns des autres, tu sais, nous sommes une grande famille ici. Dis-moi, ma chérie, comment tu le connais ?

— Disons que je m'intéresse beaucoup à la presse people et la semaine dernière, ils en ont parlé. Un de ses frères a eu un enfant et j'ai vu des photos.

— Oui, il s'agit de mon grand-frère et d'ailleurs, c'est Marisol qui a accouché ma belle-sœur. Il y avait une tempête, les routes étaient inondées et l'hélicoptère ne pouvait pas se poser... Heureusement qu'elle était là.

— Bon OK, tu es peut-être un Wingleton, mais ça ne m'avance à rien...

Carmen lève les yeux au ciel.

— Sache que sa famille est l'une des plus riches des États-Unis, ça répond à ta question ?

— Ha oui, effectivement

David se lève.

— Dis-moi, Paolo, tu peux réunir le plus de personnes possible ici ce soir, s'il te plait ?

— Entendu ! Si tu veux parler... nous sommes là.

— Merci.

David part vers l'hôtel où il réserve une chambre, se pose, défait ses valises et envoie un message a Marisol :

« Je suis désolé, j'ai agi comme un con, je voulais me rendre intéressant... Je ne te demande rien, je veux juste savoir si tu vas bien. ».

David part à la douche et jette son portable sur son lit. Il se déshabille et entre sous l'eau, ça coule sur lui comme les larmes sur sa joue. Il tape sur la paroi. Il arrête la douche, met une serviette autour de la taille et sort. Il va, à tout hasard, voir son téléphone et voit un message :

« Bonjour, oui je vais beaucoup mieux, je sors demain. Bonne journée, je passerai demain pour l'examen du mois de certains chevaux. ».

C'est très dur pour David, mais il ne répond pas.

Le soir, il va dans le bar et voit du monde partout, même dans les escaliers. Il s'assied sur le bar et les regarde tous.

— Beaucoup d'entre vous m'ont accueilli les bras ouverts dans votre famille et... J'ai fait une immense connerie...

Paolo prend la parole à son tour.

— Ne t'inquiète pas, tout le monde est au courant ! On va t'aider à la reconquérir ! Ce n'est pas une trahison, juste de l'ego mal placé ! Bon, que veux-tu d'autre ?

— Heu... Bon, voilà, je lui ai acheté *l'hacienda* et le terrain de ses rêves. Première chose, elle ne doit, pour le moment, pas être mise au courant ! Même si elle vous appelle et si par hasard, elle vient, vous ne savez rien ! Deuxième chose... bon, maintenant ce n'est pas bien compliqué : j'ai les plans de la nouvelle *hacienda*, d'une dépendance, de son cabinet de vétérinaire et de son ranch ! J'ai les finances, mais... Je ne suis pas du coin et je ne connais personne pour la main-d'œuvre !

— Dans ce cas, on va t'aider !

Un brouhaha se lève et tout le monde confirme ce que vient de dire Paolo. David sort et regarde l'horizon.

— Je suis prêt pour ma nouvelle vie, mais... je ne la conçois pas sans toi... Marisol.

Chapitre 13

Marisol prend une grande respiration lorsqu'elle arrive aux écuries Wingleton. Quand elle arrive au bureau de David, elle frappe et attend qu'il lui réponde.

— Que puis-je pour vous, docteure ? Ne vous embêtez pas à frapper, il n'est pas là. Il est parti pendant trois ou quatre jours.

— Terrence ? Ah, OK... Je suis là pour les examens de trois chevaux.

— Bon, parfait, si vous avez besoin d'aide, vous m'appelez !

— Bien...

Dans la voix de la jeune fille, on sent bien de la déception. Elle fait ce qu'elle a à faire et s'apprête à partir lorsqu'elle se retrouve face à James. Elle le salue et s'en va.

— Attendez !

— Vous voulez défendre la cause de votre frère ?

— Il n'en a pas besoin, il est assez grand pour ça ! Il m'a juste demandé de vous remettre ça. Il s'est douté que de sa main vous le refuseriez !

— Qui vous dit que de votre main je vais l'accepter ?

— Vous êtes une femme intelligente et curieuse.

Marisol soupire et prend l'enveloppe. Elle dit au revoir et monte dans sa voiture. Elle ouvre l'enveloppe et découvre une clé USB. Marisol rentre chez elle, monte dans sa chambre et l'introduit dans son pc. Dessus, il y a une vidéo. Quand David a été chez Jeff, il a tout filmé, du début à la fin, même la scène de combat. À la fin, elle entend la voix de David : « Je n'ai jamais voulu te blesser, te faire de mal... J'en suis désolé ». Marisol laisse les larmes s'échapper de ses yeux, elle repense à tout ce qu'elle lui a dit et, même si elle essaie de ne pas y penser, elle ne peut s'en empêcher... Elle est amoureuse de David et souffre en silence de ne pas pouvoir le serrer dans ses bras. Elle attrape son portable et essaie de l'appeler, mais au bout de trois appels sans réponse, elle lui écrit un SMS :

« J'ai bien vu la clé USB, merci pour ce que tu as fait pour moi et désolée pour ta première copine. Je vais mieux et j'ai rompu le contrat avec les Richards... Moins d'argent pour mon rêve, mais de toute façon, ce n'est pas grave, car j'ai appris que la propriété avait été achetée... Bonne journée ». Elle attend une réponse de David, mais rien ne vient.

***

Un mois est passé et les relations entre Marisol et David ne se sont pas arrangées. La jeune femme a essayé à plusieurs reprises de revenir, mais le jeune homme est resté distant et a répondu vaguement. Un matin, à l'écurie, plusieurs hommes fortunés sont présents et Marisol également. David explique tout ce que la vente implique, qu'il y a également un cabinet vétérinaire attitré qui s'occupera des chevaux. Il mène la visite, il passe même à côté de Marisol sans lui adresser la parole. Pour la jeune femme, c'est trop. Devant tout le monde, elle range ses affaires et s'en va en claquant un box. David sourit, s'excuse et court après elle.

— Heu c'était quoi ça ? Ce n'était pas très professionnel.

— Ho, désolée Monsieur Wingleton ! Et coucher avec moi, c'était professionnel ? Vous leur avez dit que c'était également dans le contrat ?

— Mais ça ne va pas !

David est gêné, car les promoteurs les ont rejoints.

— Écoute, on réglera ça plus tard...

— Non mais c'est vrai ! Autant leur dire que si on signe la vente, on peut sauter la véto !

Un homme s'approche de David.

— On va y aller, on se tiendra au courant.

Ils partent, David jure et part dans son bureau en claquant la porte.

— Mais ce n'est pas vrai, c'est une blague ! Elle va me faire foirer la vente du haras avec ces conneries !

Marisol entre à son tour, elle pointe son doigt sur lui.

— Tu te prends pour qui pour me snober comme ça ?

— Je ne te snobe pas du tout !

— Tu passes à côté de moi, tu ne dis rien, tu me regardes de haut ! J'avais bien raison, juste me sauter, c'était suffisant pour toi !

— Je t'interdis de dire ça, c'est faux et tu le sais très bien ! Jamais je n'ai pensé ça de toi !

— Pourtant c'est l'impression que tu donnes depuis un mois. Tu souris à tout le monde et à moi, tu ne m'adresses même plus la parole !

— Il faut savoir ! Tu ne voulais plus me voir, tu ne voulais plus que je t'approche !

David passe à côté d'elle et sort du bureau. Tout le monde a arrêté de travailler et les regarde se disputer. La pluie commence à tomber et David suggère à Marisol de partir.

— Oui, je me casse, tu dois certainement avoir une « cliente » qui arrive ! Bonne journée, Monsieur Wingleton !

Marisol part sous la pluie en direction de sa voiture. David ne sait pas quoi faire, il s'était juré de ne pas retourner vers elle trop rapidement mais... Il court en direction de la voiture de la jeune femme. La portière est ouverte, il la referme aussitôt.

— Tu fais quoi ? Fous-moi la paix ! Je te l'ai dit et te le redis, ne t'approche pas de moi. Va voir tes « clientes » et laisse-moi...

— Tu as un foutu caractère, tu es chiante, tu es têtue, tu es jalouse et... j'aime tout ça en toi !

— Que... quoi ? Mais...

David ne la laisse pas parler, il la plaque contre la voiture et l'embrasse à pleine bouche sous la pluie. Marisol lui tambourine le torse, mais peu à peu s'accroche aux bras de David. Leur baiser dure et c'est le manque d'air qui fait arrêter David. Il ne dit rien, la fait monter dans la voiture et ils partent vers la cabane. Une fois arrivés, le baiser reprend, les vêtements se retrouvent très vite à terre et David prend possession du corps de Marisol. Cette dernière s'accroche à lui et explose de jouissance en peu de temps. David en fait autant. Ils se détachent l'un de l'autre et Marisol a du mal à tenir sur ses jambes. Le jeune homme la conduit sur le canapé et lui donne une couverture. Il part dans la chambre et enfile un boxer puis revient.

— David...

— Laisse-moi parler, s'il te plait... Tu le sais que je suis désolé, j'ai voulu jouer le macho devant mes amis d'enfance et j'ai fait une grosse connerie. Depuis que je suis avec toi, je ne me suis jamais senti aussi bien, je vis enfin ! C'est incroyable, cette sensation de bien-être, même ta famille m'a accepté. J'ai toujours été entouré de mon père et ma mère et je savais que si je faisais un faux pas, ils seraient là pour moi, mais avec toi, c'est moi seul qui dois réparer mes erreurs ! Marisol... Je t'aime.

Marisol éclate en sanglots, David la prend dans ses bras.

— Je t'aime, David...

Les deux amants repartent pour un moment rempli d'amour et de passion. La nuit se passe comme ça également.

Lorsque le lendemain, David annonce à Marisol qu'il doit partir pendant quatre jours, cette dernière s'interroge.

— Ce n'est pas la première fois... Tu vas faire quoi ?

— C'est une reconversion professionnelle, je vais sur un site et vois si mon projet est possible.

— Tu quittes le milieu équestre ?

— Non, pas tout à fait, mais comme mes parents vendent, je dois me reconstruire !

— Je comprends... Tu vas me manquer...

— Toi aussi, ma puce... Tu peux venir dormir ici, si tu veux !

— Non, je vais rester avec mon père. Il a déjà dû dormir tout seul cette nuit...

— Tu sais, à ce que j'ai compris, ton père s'en sort bien tout seul.

— Oui, c'est vrai, mais ça me rassure !

— Bon, comme tu veux !

Le couple remonte au haras en voiture et, après un baiser d'adieu, c'est un David au cœur léger qui s'en va à l'aéroport. Après le voyage, il va directement sur le chantier. Il pousse un cri d'admiration.

— Waouh... En une semaine, vous avez bien avancé !

Paolo arrive vers lui.

— Tu m'as nommé chef de chantier, je remue les troupes !

— Je vois ça ! Bon, c'est super, je vais voir les plans et tout ce qui a été fait !

— Attends, attends... Regarde-moi...

David se retourne et regarde Paolo.

— Je reconnais ce regard ! Ça y est, vous êtes de nouveau ensemble ?

— Oui... Elle m'a...

David n'a pas le temps d'expliquer que Paolo est en train de crier dans un mégaphone pour le dire à tout le monde. Dans les collines, des hurlements de satisfaction se font entendre.

— N'importe quoi...

David explose de rire. Il tape sur l'épaule de Paolo et va dans l'*hacienda*. À l'intérieur, ils sont occupés à la décoration. Tout est fait. La villa est en « u », une piscine avec un patio a été aménagée au milieu. Du côté de l'aile à droite, il y a la partie « nuit » avec suite parentale et trois chambres, de l'autre côté il y a deux bureaux et une salle de jeux, au milieu un immense salon, une grande cuisine/salle à manger.

En sortant, il entre dans une dépendance où tout est fait pour une personne en fauteuil roulant. Et le ranch de l'autre côté est en pleine construction. Tout à coup, un cri se fait entendre. C'est une femme qui court à travers les travaux et qui va voir un des chauffeurs de tracteur. L'homme descend et vient près de Paolo.

— *Señor, tengo un problema, tengo que irme...*

Paolo le regarde.

— Vas-y, rentre vite !

David l'interroge du regard, il n'a pas compris.

— Apparemment, cet homme a un problème à sa maison et il m'a demandé s'il pouvait rentrer.

— Mais que se passe-t-il ? La femme me paraît fort paniquée !

Paolo baisse la tête.

— À tous les coups, c'est encore un mec richissime qui veut un terrain et il va essayer de l'expulser pour une raison ou une autre !

— Mais tu ne fais rien ?

— Que veux-tu que je fasse ?

— L'aider ! On ne peut pas laisser faire ça ! C'est inadmissible, il faut que vous l'aidiez !

— L'aider, mais comment ? On n'a pas de « zorro », ici ! Alors oui, les pauvres gens subissent et... hé, tu fais quoi ?

David s'élance au galop à travers les collines en criant à Paolo qu'il ne va pas rester sans réagir. Il traverse des collines jusqu'à retrouver le couple qui court à travers champs. Il tend la main à la femme et lui suggère de monter. Elle l'attrape et ils arrivent à la maison, suivis du mari essoufflé. David le regarde.

— Honneur aux femmes.

— *Si, Señor!*

Au même moment, un homme en costard sort de la maison et regarde le couple.

— Bon je peux vous en offrir mille dollars et encore, je me trouve bien généreux ! Maintenant, vous allez signer un papier et partir d'ici.

Le couple fait signe que non, l'homme sort alors un revolver de sa poche et commence à les menacer. David intervient.

— Vous vous prenez pour qui et vous vous croyez où ? Ce sont leurs terres, donc c'est vous qui allez partir !

Le couple se réfugie vite à l'intérieur et s'enferme.

— Mais qui êtes-vous et de quel droit vous venez vous mêler de mes affaires ?

— Ces gens ont travaillé pour avoir ces terres et ce n'est pas à vous de les reprendre !

— Pff avoir d'aussi belles terres pour une cabane pourrie !

— C'est la leur !

— Méfiez-vous, l'Américain. Je reconnais votre accent, il pourrait vous arriver des problèmes, à vous aussi ! Ce serait dommage qu'une belle *hacienda* finisse en fumée !

— Ce sont des menaces ?

L'homme se rapproche avec son pistolet, mais la femme sort de la maison et lance une épée à David. Le jeune homme la regarde, elle est toute rouillée et en mauvaise état.

— *Señor !*

David brandit son épée face à un revolver.

— C'est une blague, je n'en ai pas fait depuis l'école ! Et puis, elle n'est pas très en forme !

— Il va falloir vous y faire ! Ici on règle ça de cette manière, même si je dois avouer que vous n'avez pas l'avantage de l'arme.

David lance son épée par terre et sort son téléphone portable.

— Maître Calub, ici David Wingleton. Dites-moi, pouvez-vous m'arranger un rendez-vous avec un autre avocat ? Celui de Monsieur Lopez Carlos ? Merci !

David raccroche et se retrouve face aux interrogations de l'homme en face de lui.

— Votre nom se trouve sur votre gourmette et votre prénom est écrit sur votre chevalière ! Moi, je règle mes comptes auprès d'avocats compétents et je vous préviens que s'il arrive quoi que ce soit à ces gens ou à mon *hacienda*, vous allez le regretter ! Dégagez ! J'ai le bras assez long pour vous pourrir la vie, croyez-moi !

L'homme monte sur son cheval et s'en va, le couple sort et remercie David. Ce dernier les regarde puis regarde leur maison, il ouvre son portefeuille et leur donne de l'argent. L'homme le remercie et lui dit qu'il retourne de suite au travail. David reste un instant auprès de la femme pour voir si Carlos ne revient pas et, après un moment repart sur le chantier. Il est acclamé de partout. Paolo lui tape sur l'épaule.

— Nous avons notre « Zorro ».

— Il ne faut pas exagérer non plus !

— C'est super ce que tu as fait pour eux, c'est formidable.

— Bon, on avance et... Attends, désolé, un SMS.

Il se met dans un coin et regarde son tél. :

« Coucou, je n'ai pas trop de nouvelles... Je suppose que tu es en plein boulot, je ne vais pas te déranger longtemps. Réponds-moi quand tu peux... Bisous. »

La réponse de David est aussitôt envoyée à Marisol :

« Coucou ma puce, tout va bien, ne t'inquiète pas. Je suis plutôt débordé effectivement et il me tarde de rentrer et de te retrouver. Je t'aime ».

Le jeune homme rentre à l'hôtel et passe les quatre prochains jours à travailler avec acharnement. En partant, il explique à Paolo qu'il reviendra dans quinze jours, mais que s'il y a quoi que ce soit, il peut toujours l'appeler.

De retour au manoir, il s'empresse d'appeler Marisol, mais sans réponse. Il fonce au cabinet, où il trouve Dan.

— Elle ne vous a pas dit ? Elle a foncé chez Monsieur Louis.

— Mais elle n'était pas censée être en congé aujourd'hui ?

— Si, mais il avait vraiment besoin d'elle, je crois qu'il y a une jument qui accouche. En plus je ne peux même pas l'aider, le cabinet est plein !

— C'est quoi l'adresse ?

Dan la lui donne et David y fonce. Quand il arrive à la ferme, il entend des cris. Il se précipite et voit Marisol un peu en panique, qui rassure le fermier, en pleurs. Le fermier est désolé.

— Je ne peux pas vous aider plus, j'ai un sévère lumbago... à cause de ça elle va mourir !

— Vous avez besoin d'aide ?

Marisol et Louis se retournent. Ce dernier regarde David.

— Mr Wingleton ? Mais...

— David ? Que fais-tu là ? Tu n'étais pas censé rentrer ce soir ?

— Moi aussi je suis content de te voir, ma puce ! Vous avez besoin d'aide ?

— Oui, je n'arrive pas à sortir le poulain, j'ai peur qu'elle meure...

David remonte ses manches et demande à Marisol ce qu'il doit faire. Elle lui explique et au bout de vingt minutes, le poulain est enfin dehors. La jument est très fatiguée, mais en vie. Pendant sa lutte, David a déchiré sa chemise et a du sang partout. Louis lui indique que derrière la grange, il y a un coin douche pour les chevaux. Il y va, enlève sa chemise et s'arrose. Marisol le surprend et rougit.

— Ho... désolée, je voulais juste te dire que je rentrais chez moi me changer.

— Je rêve ou tu rougis encore ? Je pense que tu as vu plus que mon torse, ma puce !

Marisol rougit de plus belle et lui indique que ce n'est pas pareil, ce ne sont pas les mêmes conditions. Elle remarque également qu'il a pris du muscle.

— C'est normal avec ce que je fournis sur le chantier !

— Le chantier ? Quel chantier ?

David vient de se tirer une balle dans le pied, mais réagit aussitôt.

— Pour mon futur projet, je cours partout sur les chantiers et je regarde ce que je pourrais faire.

— Ha OK.

Il ne sait pas s'il a réussi à la convaincre, mais c'est tout ce qu'il a pour l'instant.

— Prépare-toi pour ce soir, je t'emmène quelque part !

— Ho, tu sais, je ne suis pas à l'aise dans les endroits trop... Enfin, trop...

— Trop mondains ? Ça tombe bien, ce n'est pas là que je veux t'emmener !

Marisol sourit et s'en va dans sa voiture, elle a à peine le temps de glisser les clés dans sa voiture qu'elle se retrouve avec un torse plaqué contre elle. La jeune femme sent le souffle de David dans son cou.

— Tu pars comme ça, je n'ai même pas le droit à un baiser de remerciement ?

— David...

— Arrête de susurrer mon prénom comme ça ou je vais devoir te faire l'amour sur le capot de ta voiture !

— Heu...

Elle se tourne et dépose un baiser sur les lèvres de David, ce dernier lui dit qu'il se contentera de ça pour l'instant.

— Oui, et c'est déjà bien !

— C'est que tu me provoques en plus... Hum j'aime ça ! Tiens-toi prête pour vingt et une heures, ma puce !

David rentre chez lui, du moins à sa cabane. Sur place, il a la surprise de voir que tout a bougé : la petite cuisine est devenue tout confort, il y a un écran plat et plein d'autres choses. Il s'énerve, il charge le coffre de sa voiture de tout ce qui est neuf, il démonte même des éléments de cuisine. Une fois la voiture chargée, il se dirige vers un foyer pour jeunes en ville et leur donne le tout. Les jeunes sont très heureux. Il rentre dans sa cabane et voit sa mère.

— Mais où est tout ce qu'on...

— Ce que vous aviez mis ? C'est ma cabane, ici ! Je ne veux pas qu'on pollue l'endroit. Quant à vos affaires, ne vous inquiétez pas, les jeunes du foyer sont contents !

David prend sa voiture et arrive chez Marisol, il est encore en colère et la jeune femme le ressent.

— Que se passe-t-il ?

— Rien ! Tu viens ? On y va.

— Non pas dans cet état-là ! Tu me dis !

— Tu as un putain de caractère quand tu t'y mets !

Diego sort de la cuisine et regarde David. Le jeune homme est gêné.

— Excusez-moi...

— Ha non, vous avez raison, elle a un sale caractère ! Et encore, attendez qu'elle se mette en colère... Je vous plains !

— Bon, papa, tu n'avais pas une belote avec tes amis ?

— Vous voyez ? Bon courage, mon grand !

Diego s'en va et Marisol reste plantée sur place. David se laisse tomber dans le canapé et explique tout à la jeune femme.

— Ils ont voulu t'aider, ils pensaient te faire plaisir...
Apparemment ce n'est pas le cas...

— Ils essaient de m'acheter, mais ça ne fonctionne pas
comme ça avec moi !

— Je ne pense pas que ce soit pour t'acheter, je pense
sincèrement qu'ils ont essayé d'être sympas...

— Je m'en fous de leur sympathie !

Marisol va à la vitre et s'énerve un peu.

— Je peux comprendre que tu sois en colère, mais les
renier tout simplement parce qu'il y a un petit différend,
je ne comprends pas. Tu as de la chance d'avoir tes deux
parents et tu devrais en profiter.

— Marisol... Je...

— Laisse tomber, je n'ai plus très envie de sortir.

— Je comprends, tu veux que je te laisse...

Marisol ne répond pas, David commence à partir, mais
il entend la jeune femme renifler. Il va près d'elle et voit
qu'elle pleure.

— Ma mère me manque, j'ai le mal de pays. Je n'en peux
plus de vivre ici, j'aimerais tellement retourner auprès des
miens... Je t'aime, mais...

— Ta famille te manque.

— Oui...

— Bon, j'ai une idée pour ce soir... Pizza et Netflix ?

Marisol sourit et lui fait signe « oui » de la tête. La soirée
se passe, les deux jeunes gens ont opté pour une soirée film
d'horreur. Marisol se blottit contre David à chaque scène
horrifique. Une fois le film terminé, il l'embrasse et repart
à sa cabane. Peu de temps après, il reçoit un SMS :

*« Bonne nuit... Je ne te l'ai pas dit, mais... J'aurais aimé que
tu restes... Je n'ai pas osé t'embêter avec ça, car comme ce n'était*

pas pour faire l'amour... Je ne savais pas si tu aurais juste accepté
de dormir avec moi... Bref, bonne nuit... Je t'aime David. »

David relit le message, il se rhabille, monte sur sa moto et retourne chez la jeune femme. Il voit encore de la lumière et frappe à la porte. Quand elle lui ouvre, elle porte sur elle une magnifique nuisette noire qui ne peut cacher les courbes de son corps.

— Tu ouvres à tout le monde dans cette tenue ?

— Non, seulement aux habitués. Le facteur, les livreurs, les voisins et...

— C'est une blague ?

Elle sourit.

— Évidemment, j'ai vu par le judas que c'était toi. Mais que fais-tu là ?

— Beh, je suis venu dormir !

— Que, quoi... Mais je ne t'ai pas dit ça pour que tu...

— Allez, laisse-moi entrer, je suis trempé. Il pleut !

David entre, enlève ses affaires de moto et les deux montent dans la chambre. Marisol se glisse dans le lit et lorsque David se déshabille, elle le dévore des yeux.

— Moi je veux bien rester pour « juste » dormir, mais tu as l'air d'avoir envie, ma puce !

— N'importe quoi...

Il se glisse près d'elle et elle sent bien qu'il est nu, lui ressent bien sa gêne.

— Désolé, je ne dors pas en pyjama !

— Ce n'est pas grave...

— Hum tu sens bon.

— Je ne veux pas t'allumer ou autre, c'est pour ça que je n'ai pas osé te demander pour rester dormir.

— Mais tu ne m'allumes pas, ma puce !

— C'est égoïste, mais je ne voulais pas dormir toute seule.

— Et je suis là ! Viens contre moi !

— Ça ne va pas te frustrer ou autre ?

— Je ne suis pas un animal ! Je sais me contrôler, quand même !

Marisol rigole, pose sa tête sur le torse de David et ce dernier la couvre avec son bras. Elle s'endort très vite et lui aussi.

Le lendemain, il tend sa main, mais le lit est vide. Il se lève, s'habille et descend pour se retrouver nez à nez avec Diego.

— Te voilà debout ! Elle n'a pas voulu te réveiller, elle est dehors avec sa jument, tu veux un café ?

— Oui, je vais me le faire, ne vous inquiétez pas !

— Mais il est prêt, penses-tu ! Quand j'ai vu tes affaires de moto en bas, je me suis bien douté que tu étais avec elle.

Ce coup-ci, c'est David qui se sent gêné.

— Il ne s'est rien passé… J'ai dormi avec elle, c'est tout !

— Hé mon grand, je t'arrête de suite. Ma fille est grande, vous faites ce que vous voulez !

— Non, je vous assure, j'ai juste dormi avec elle. Elle n'était pas bien…

— Que s'est-il passé ?

— En ce moment, je suis en froid avec mes parents et je suis arrivé ici énervé… Elle m'a expliqué que je ne devais pas réagir comme ça, qu'une mère, on en avait qu'une… Et après, elle a pensé à la sienne…

— Ha… Oui, elle y pense de temps en temps…

— Vous saviez qu'elle avait le mal du pays ?

— Oui, elle est très attachée à son pays, je sais qu'elle reste ici pour m'offrir une vie meilleure que là-bas… Ici mes soins sont moins chers. Je sais qu'elle se sacrifie pour moi et crois-moi, je suis le premier à lui dire d'arrêter…

— Elle vous aime… Bon, je vais la voir !

David sort et voit la jeune femme galoper dans le petit enclos. Quand elle voit David, elle s'arrête aussitôt. Il passe par-dessus la barrière et va la voir.

— Si tu veux la faire courir davantage, tu peux l'emmener au haras !

— Oui, je veux bien, si ça ne te dérange pas !

— Si je te le propose, c'est que ça ne me dérange pas ! Tu vas mieux ?

— Oui… Merci pour cette nuit !

— Mais de rien, princesse !

Marisol rigole, lorsqu'un coup de téléphone sur le portable de David l'interrompt.

— Allô ? Ha salut… Hein ? Quoi ? Bon je te rappelle !

Marisol le regarde en fronçant les sourcils.

— Un problème ?

— Non, ne t'inquiète pas. Je vais au haras !

Il embrasse la jeune femme et repart en moto vers le haras. Arrivé à son bureau, il rappelle son correspondant, Paolo.

— Désolé, Marisol était à côté de moi ! Tout va bien ?

De l'autre côté, Paolo lui indique qu'ils ont rencontré un petit problème au niveau des fondations pour le ranch, mais que tout est bon.

— Bon super, on s'appelle demain !

Chapitre 14

La fin du chantier est enfin arrivée et David est surexcité, mais il ne doit pas encore le montrer. La vente du haras avance également et David s'apprête à signer avec quelqu'un. Le matin même, il va voir ses parents et leur donne le contrat.

— Voilà, votre haras est vendu !

— Quoi, mais… ce n'était pas obligé si tôt, on voulait te laisser te retourner…

— Ne vous inquiétez pas pour moi, j'ai vu avec James, il va reprendre son cheval. Quant à moi, je prends également le mien et évidemment, Marisol récupère le sien. Une fois la vente faite, je prendrai ma part et vous laisserai le soin d'appeler mes frères pour en faire autant.

— Tu ne vends pas à n'importe qui, au moins ?

— Non, papa, ça fait deux mois que j'étudie les profils de toutes les personnes qui viennent et je le vends à un passionné d'équitation. J'ai dû baisser le prix également, mais vu que c'est un passionné, ce n'est pas dérangeant !

Les parents de David commencent à lire le contrat.

— Je repasserai demain récupérer le contrat.

— Mais toi ?

— Ne vous inquiétez pas pour moi, de toute façon quand vous avez mis le haras en vente, vous n'y avez pas pensé !

David part et se dirige vers le bar espagnol, où il a décidé de fêter ça avec Marisol et ses amis. La soirée se passe sans problème. Même Javier a accepté David. Un slow arrive et le jeune homme entraîne Marisol sur la piste de danse. Il remarque qu'elle est un peu inquiète.

— Ma chérie ? Je sens que quelque chose ne va pas.

— Tu vas partir où ?

— Comment ça ?

— Je sais que depuis le début on n'en parle pas, mais il faut dire ce qui est ! Tu vas partir, à chaque fois que tu t'en vas, c'est pour trois jours, cela doit être loin… Notre histoire…

— Mon histoire avec toi ne fait que commencer et je peux te promettre une chose, je ne resterai jamais loin de toi !

— Oui…

— Ma puce… Ne sois pas triste, crois ce que je te dis, je t'en supplie.

Marisol acquiesce et continue de danser. David sent bien qu'elle va de plus en plus mal, même son travail la fatigue. Le rythme de vie est très soutenu et puis la mentalité ici n'est pas la même ici que dans son pays. La soirée se finit et Marisol rentre chez elle avec sa famille. David la laisse en l'embrassant. Il repart au haras, selle son cheval et part au galop dans la forêt. Il arrive au bord d'une rivière où il s'arrête. Lui aussi réfléchit à son avenir. Il va tout quitter pour la suivre : sa famille, son pays, ses repères et, au fond de lui, un trouble se crée. Un hennissement le fait sursauter. Il se lève et aperçoit une jument blanche et sa cavalière.

— Marisol ? Que fais-tu là ? Ça va ?

— Oui, très bien, je voulais être avec toi.

— Tu étais avec ta famille, je ne voulais pas te déranger !

— Je l'ai bien compris, mais c'est avec toi que je voulais être.

— Comment tu m'as trouvé ?

— Tout simplement. Quand je n'ai vu ni toi, ni ton cheval, je suis partie en balade et je savais que j'allais tomber sur toi !

David se cale contre un arbre et attire Marisol a lui.

— Tu repenses à notre rencontre de temps en temps ?

— Quand je t'ai insulté et que tu t'es mis devant ma voiture !

David éclate de rire.

— Oui, entre autres, sans parler de la gifle.

— Ha oui, elle avait claqué celle-là.

— Marisol, je t'aime sincèrement, je n'ai jamais ressenti ça. Tu sais, pour toi… Je serais capable de tout !

— David… Moi aussi je t'aime… C'est tellement beau ce que tu me dis !

David se penche et l'embrasse. Marisol s'accroche à son cou et accentue le baiser, elle lui caresse la nuque en même temps et il l'arrête aussitôt.

— Quoi ?

— Je viens de me rendre compte que c'était une zone très sensible.

— Hum c'est intéressant à savoir !

— Ne t'amuse pas à ça, car j'ai découvert certaines zones de ton corps qui ne sont pas insensibles !

— Non, je n'en ai pas en particulier et… hum.

David est en train de lui mordiller le lobe de l'oreille et Marisol lui demande d'arrêter en riant.

— Tu disais quoi ?

— C'est bon, tu as gagné, mais c'est bon à savoir !

Le couple reste encore un moment à parler, puis Marisol se lève.

— Je dois aller bosser… je n'ai pas envie, mais…

— Tu n'aimes plus ton métier ?

— Si, je l'adore plus que tout, mais ici je n'en peux plus. La mentalité des gens m'exaspère également, la plupart pensent que tout leur est dû ! Ça m'agace !

— Je peux te comprendre, le comportement de certains m'exaspère également !

— En Andalousie, je n'avais pas de soucis... Les gens étaient tous gentils, reconnaissants... mais ici, j'ai envie de pleurer tous les soirs.

— Ça va s'arranger, ma puce...

— On verra. En attendant, je dois aller bosser demain !

— Tu restes avec moi ?

— Je ne sais pas, je suis fatiguée et...

— Et ?

— Je vais m'écrouler...

— Donc tu penses que je veux être dans ton lit seulement quand j'ai envie de toi c'est ça ?

— Non, mais j'ai peur de te frustrer à chaque fois.

— Tu sais, dormir contre toi me procure énormément de bien également.

— Alors je veux bien rester avec toi.

Ils remontent à cheval et vont dans la cabane en laissant leur monture dans le box à côté. Marisol va se doucher et enfile ses sous-vêtements, puis va dans le lit. David en fait autant et, quand il revient dans la chambre, il remarque que la jeune femme dort déjà. Il la couvre et va dans le salon pour se servir à boire. Quand il revient, il voit que Marisol a le sommeil agité. Il se blottit près d'elle, elle se cale contre lui et se calme, il lui caresse les cheveux.

— Je suis là pour toujours et à jamais !

Il s'endort également en pensant à son avenir en Andalousie.

Le lendemain, il se réveille avec Marisol dans les bras, il essaie de s'extirper en douceur pour ne pas la réveiller. Il enfile un boxer et va se faire un café, puis s'assoit à la terrasse. Quelques temps après, il sent une présence près de lui. Il se tourne et voit Marisol, enveloppée dans la couverture.

— Tu vois, me lever sans stress avec un panorama de rêve sans les gens qui râlent, sans la ville… C'est un rêve !

— Je peux comprendre, j'en ai marre également de ce train de vie !

Après un énième câlin, Marisol part travailler et David en fait autant. Il va dans son bureau et tombe sur ses parents.

— Nous avons vu que tu avais commencé tes cartons.

— Oui !

Le père de David se lève du canapé et lui tend le contrat.

— Un sans-faute. Toutes les clauses y sont, même le délai avec la vente du manoir.

— J'ai de qui tenir !

— Oui.

La mère se rapproche une nouvelle fois de David.

— Que comptes-tu faire après, je suis inquiète, je ne veux pas que tu…

— Oui, que je sombre, mais ne t'inquiète pas, j'ai des gens qui m'aiment autour de moi !

— Tu n'as pas le droit de me dire ça, je t'aime plus que tout !

— Et pourtant tu as vendu l'endroit où je m'épanouissais !

— Nous t'avons proposé un financement de ton propre haras…

— Je m'en fiche maintenant ! Laissez-moi, je dois finir de faire mes cartons !

Ils s'en vont et David continue sans rien dire. Il ne sait pas s'il fait le bon choix, mais impossible de faire marche arrière. Il rassemble tout et les met dans un coin.

Térence arrive dans le bureau et lui tend un papier.

— Ta démission ?

— Oui, monsieur… Signez-la, s'il vous plaît…

— Mais pourquoi ?

— Vous savez, je suis vieux, le nouveau propriétaire voudra quelqu'un qui se bouge davantage et me mettra dehors. Je préfère négocier avec vous.

David allait signer, mais se ravise et le regarde.

— Vous m'avez dit ne plus avoir de famille ici.

— Je n'ai plus de famille tout court à part vous…

— Un changement d'horizon vous plairait ?

— De quoi vous parlez ?

David le met dans la confidence, mais lui fait promettre de ne le dire à personne.

— Personne ne doit être au courant.

— Bien sûr que non, merci, merci à vous !

Par la suite, dans la journée, David reçoit la visite de Dan. Ce dernier s'inquiète pour Marisol.

— Mais qu'est-ce qu'elle a ?

— Elle a de plus en plus de mal à travailler…

— Oui, je le sais… je vais m'en occuper, ne t'inquiète pas !

Dan s'en va et la journée se passe avec des inquiétudes pour David. Son portable sonne :

— Allô ? Non Marisol est pas là, vas-y ! … Je suis vraiment heureux, tu n'imagines même pas la joie que ça me fait… non je ne lui dirai rien, elle n'en saura rien, j'attendrai le dernier moment ! Tu es vraiment un amour, malgré tout ce que tu as à côté tu m'as aidé… Je t'adore et il me tarde de te voir ! Bisous la miss !

David raccroche et sourit à pleines dents, enfin, jusqu'à ce qu'il croise le regard noir de Marisol.

— Marisol ?

— Oui, désolée, apparemment je n'arrive pas au bon moment !

— Je ne vois pas pourquoi tu dis ça !

— J'ai tout entendu de ta conversation ! Marisol n'en saura rien, non elle n'est pas là, je t'adore, bisous la miss. Je pensais vraiment que notre avenir était tracé, mais toi…

— Mais moi quoi ? Tu as juste entendu une conversation téléphonique !

— Oui, ça pour l'avoir entendue, je l'ai entendue ! C'est laquelle cette fois, une blonde ou alors une brune ?

— Arrête tu es tellement fatiguée que tu ne sais plus ce que tu dis !

— Ha oui ça t'arrange bien ça !

— Marisol, je t'en prie…

— Non rien du tout, je n'aurais pas dû retomber dans tes bras !

— Fais-moi confiance, je t'en supplie !

— David, je suis à bout de mon travail de cette ville et je pensais me reposer sur toi.

— Fais-le ! Je te promets qu'il n'y a aucune trahison ! Laisse-moi un peu de temps pour tout t'expliquer. S'il te plait !

— Je vais chez moi ce soir réfléchir…

Marisol repart sans sa voiture et à ce moment-là David sait que s'il ne passe pas à la vitesse supérieure, il la perdra. Il rattrape sa valise jette tout dedans et appelle l'aéroport pour préparer le jet et en indiquant qu'il en faudrait un autre pour le lendemain matin. Il va en cachette chez Marisol et demande à son père de suivre Dan le lendemain. Il fait pareil chez Dan à qui il demande de conduire Marisol et son père a l'aéroport. Lui fonce, et prend l'avion pour arriver sur place avant elle, il réserve deux chambres et se repose pour se remettre du décalage horaire. Le lendemain il regarde sa montre et se doute que Dan doit être en route pour l'emmener à l'aéroport. Avec le décalage elle sera là en fin de journée. Il se renseigne auprès de son jet et on lui confirme que la jeune femme est bien dedans. David a prévenu tout le village qui est de mèche avec lui. Effectivement quand Marisol arrive en fin de journée tout le village joue le jeu. Elle va installer son père a l'hôtel, se rafraîchir et vas voir Paolo.

— Hola ! Dis-moi, c'est faux que ça a été racheté ?

— Ça a bien été racheté, mais c'est super bien aménagé, c'est vraiment magnifique ! Va voir !

— J'ai peur d'avoir mal en y allant…

— Mais non, tiens je te selle ton cheval et tu y vas !

Marisol se laisse convaincre et part au galop, elle ne remarque pas qu'au clair de lune quelqu'un la suit de loin. Quand elle arrive en haut de la colline, elle n'en croit pas ses yeux. Elle descend de cheval, devant elle se dresse une magnifique *hacienda*, avec un ranch et deux dépendances.

— C'est comme dans mon rêve, à croire que celui qui a fait ça a été dans ma tête…

Marisol s'effondre en larme.

— Ne pleure pas, tu as un visage magnifique, ne le remplis pas de larmes.

Marisol sursaute et se retrouve nez à nez avec David.

— Que fais-tu ici ? Je me doutais bien que tu n'y étais pas pour rien pour ce petit voyage, quand j'ai vu que Dan nous emmenait à ton jet, mais je ne pensais pas que tu serais ici. C'était pour que je voie ça ?

— Oui !

— C'est cruel ce que tu me fais !

Marisol remonte sur son cheval, mais au moment de partir David siffle et le cheval s'arrête net.

— Quoi, mais il n'obéit qu'a moi !

— Nous sommes devenus très amis, tous les deux, n'est-ce pas ?

David s'approche du cheval lui donne une carotte et le caresse. Il tend la main à Marisol et l'oblige à redescendre puis lui donne des papiers. Elle les prend en soupirant et les lit à haute voix.

— Mais ce sont des actes de propriétés ? Elles sont à mon nom... Pourquoi il y a le nom du terrain ? Pourquoi il y a des permis de construire et pourquoi...

David la prend par les mains, la regarde dans les yeux puis lui donne des clés.

— Arrête de lire la paperasse, sache juste que tout ça est à toi !

— Mais c'est impossible... David comment tu as fait, c'est...

Marisol éclate en sanglots, David prend les joues de la jeune fille dans ses mains.

— Jamais je ne t'ai trompée, la personne au téléphone était ma belle-sœur Hope, elle a très bon goût pour la décoration tandis que moi... je suis nul !

— Mais comment tu as fait ?

— J'ai acheté le terrain en augmentant la mise et en faisant travailler le village. Tu viens voir ?

Ils remontent sur leurs chevaux et descendent à l'*hacienda*.

— Un chemin a été créé si tu dois transporter des animaux dans ton van. En premier lieu on voit ta clinique.

Marisol descend et n'ose pas rentrer, David pousse la porte.

— Ça aussi je n'y connaissais pas grand-chose, mais Dan m'a bien aidé. Normalement tu as tout, sinon tu me le dis et on prend des choses en plus !

Marisol n'en croit pas ses yeux.

— C'est magnifique !

En sortant de la clinique, elle voit une autre dépendance.

— C'est chez ton père.

— Un logement que pour lui ?

— Il a le droit à son intimité lui aussi.

Quand elle entre, Marisol s'aperçoit que c'est adapté à une personne en fauteuil roulant, toute la cuisine est surbaissée, les pièces sont très espacées, les couloirs sont grands, la salle de bain est toute équipée, il y a même un lit où il peut se coucher tout seul.

— Ce n'est pas vrai !

— Il a même de quoi faire son potager et ses fleurs.

Il lui montre, dehors, un coin adapté également. Marisol est aux anges. David la dirige vers le parti ranch.

— Voilà pour le côté américain !

— C'est immense !!

— Moi je le trouve un peu petit...

— Tu rigoles j'espère c'est immense !

David rigole et fait visiter toute l'hacienda et ses extérieurs à Marisol.

— Ça te plaît ?

— Tu rigoles, c'est magnifique !

David lève les bras en l'air et hurle.

— Elle adore !

À ce moment-là plein de feux d'artifice s'élèvent dans le ciel et Marisol peut voir tout le village réuni sur la colline, tout le monde applaudit. David embrasse la jeune femme.

— C'est chez nous !

— Chez nous ?

— Oui si tu veux de moi…

— Bien sûr, idiot !

Elle l'embrasse à pleine bouche et ce dernier ne se fait pas prier pour répondre à son baiser.

Chapitre 15

Trois mois se sont écoulés. David et Marisol font leur vie en Andalousie, la jeune femme n'a jamais été aussi épanouie de toute sa vie et David, qui avait eu un peu de craintes, se retrouve finalement à sa place dans le ranch à donner des cours d'équitation aux gens du village. Depuis qu'ils se sont installés, les « riches » de la grande ville ne sont plus venus et David a gardé son surnom de « Zorro ». Toute la famille de David est déjà venue le voir, sauf ses parents, qu'il refuse de voir.

Un matin le couple se lève en forme.

— C'est super aujourd'hui, grand repas de famille !

— Oui, je pense qu'ils ne sont jamais venus tous ensemble.

— Non jamais, je suis vraiment content !

— Moi aussi, je suis heureuse pour toi.

Ils se lèvent et aident les employés de maison à tout préparer. David attrape sa femme par la taille, la fait tourner et l'attire un peu brutalement a lui.

— Fais doucement !

— Hé, tu ne t'es jamais plaint de ma brutalité !

— Oui, mais… fais doucement.

— Il y a un truc qui ne va pas ?

— Non, tout va bien pourquoi ?

— Écoute, ça fait une semaine que je ne peux plus te toucher, ne serait-ce que pour un simple câlin.

— Fatiguée en ce moment…

— Bon, OK !

David part vers le ranch et commence à brosser les chevaux. Terrence le rejoint.

— Monsieur ? Puis-je avoir mon après-midi ?

— Bien sûr, Terrence…

— J'ai rencontré quelqu'un !

— C'est merveilleux !

— Oui, vous avez bien fait de m'emmener avec vous !

— Je suis heureux pour vous.

Terrence s'en va en laissant David dans ses pensées, il ne comprend pas. Ça fait une semaine que Marisol est bizarre. Il ne peut même plus la toucher le soir, même pour un simple câlin, elle le rejette. Il est perdu. Il n'entend même pas que quelqu'un l'appelle.

— Toujours perdu dans tes pensées ?

David lève la tête et voit son frère Darren.

— Frangin ! Tu n'imagines même pas le bien que ça me fait de te voir !

— Me voilà alors !

Darren et David se racontent leurs histoires, James et Nick ne tardent pas à les rejoindre.

— Hey !

— Non, James, ici on dit *Hola* !

Les frères éclatent de rire, mais tout le monde remarque que David a l'air préoccupé.

— Il y a un problème ?

— C'est Marisol…

— Que se passe-t-il ? Un problème entre vous ?

— Disons que depuis une semaine… impossible de la toucher même pour un simple câlin…

— Oula ! James, tu sais ce que ça veut dire !

James et Darren se font un signe de la tête et sourient.

— Elle ne serait pas enceinte, ta princesse ?

— Quoi ? Mais elle me l'aurait dit !

— Pas forcément, elle a peut-être peur de ta réaction…

— Ma réaction ? J'ai tout quitté pour elle !

— Oui, mais un bébé ce n'est pas la même chose, c'est des responsabilités en plus…

— Je ne sais pas, je suis perdu…

— Si c'est ça, il ne restera plus que Nick !

— He bien ce n'est pas pour demain… je l'ai déjà proposé à Crystal.

— Attends, c'est toi qui lui as proposé ?

— Oui, pourquoi ça vous étonne ?

— Non comme ça ! Bref, elle pourquoi elle ne veut pas ? Nick se gratte la tête et regarde ses frères.

— Je ne sais pas, ça fait deux fois que je lui en parle et elle esquive vite le sujet…

— Elle ne se sent peut-être pas prête.

— Je ne sais pas, on verra bien ! Bon, on va rejoindre les filles !

Les quatre hommes se dirigent vers l'hacienda. Les filles se sont changées et ont adopté les habits de la région. Pour David, il n'y a pas de changement, mais pour les trois autres, ce n'est pas la même histoire. Les compliments fusent pour les filles, Marisol les regarde en rigolant.

— Je vous l'avais dit, impossible de résister !

La matinée se finit et le repas approche, David essaie une nouvelle fois d'enlacer Marisol, mais cette dernière se défile en souriant.

— Allons, il y a du monde, ce n'est pas le moment.

David en a marre, c'est trop pour lui.

— Ce n'est jamais le moment, ça fait une semaine que ce n'est pas le moment ! Il y a quelqu'un d'autre c'est ça ?

— N'importe quoi, calme-toi, il n'y a personne… Tu sauras tout bientôt…

Il la voit trembler, il soupire un grand coup et lève les yeux au ciel.

— OK…

Au moment de passer à table, David remarque qu'il y a deux couverts en plus. Il allait poser la question, mais une voix grave le fait sursauter.

— C'est magnifique ce que tu as réussi à faire, je suis fier de toi !

Il se retourne et fait face à ses parents. Il voit Marisol sourire. Il se doute que c'est elle qui les a appelés. Sa mère lui confirme.

— Tu as une femme formidable, c'est elle qui nous a dit de venir.

— Mère…

— Ha non c'est les trois autres qui m'appelle comme ça !

David prend sa mère dans ses bras et lui murmure à l'oreille.

— Je t'aime, maman… Tu m'as tellement manqué !

— Toi aussi, mon grand !

David s'approche de son père avec beaucoup de pudeur, il lui tend même la main. Franck sourit et attrape son fils dans ses bras.

— Mon enfant… tu m'as tellement manqué !

— Toi aussi, papa ! Je t'aime !

— Moi aussi, mon fils !

Après le balai des émotions et la visite de la propriété, le repas peut enfin commencer. Marisol se lève et regarde tout le monde et surtout David.

— Voilà, cela fait une semaine que tu te poses des questions, que tu me trouves distante et… tu as raison…

David se lève et lui parle doucement.

— Heu, si tu voulais parler de nos problèmes conjugaux, on pouvait attendre d'être tous les deux !

Crystal demande à David de la laisser parler. Ce dernier se rassied.

— Voilà, il y a une semaine j'ai appris quelque chose et…

Elle se tourne vers David et des larmes remplissent ses yeux puis tombent sur ses joues.

— Je sais que ça ne fait pas longtemps, je sais que ce n'était pas prévu, mais… Je suis enceinte, de plus de trois mois… Je ne m'en suis pas aperçu, mais il y a une semaine j'ai eu très mal au bas-ventre en allant au village et je suis allée voir le médecin… Je suis désolée et je…

Marisol arrête de parler. Les lèvres de David sont posées sur les siennes puis ce dernier regarde ses frères.

— Bon je sais qu'elle a déjà été posée des centaines de fois cette question, mais… elles parlent autant les vôtres ?!

C'est un « oui » général qui sort de la bouche des hommes, même de celle de leur père. Les femmes leur donnent des coups de coude. David regarde Marisol.

— Je suis le plus heureux des hommes ! Ma puce, c'est le plus beau des cadeaux… si tu savais tout ce que je me suis imaginé !

Marisol rigole et David pose sa main sur le ventre de la jeune femme. Le père de la jeune fille est en larmes. Le repas se passe bien et les filles vont du côté de la plage pour digérer alors que les hommes restent du côté du patio. Tout le monde félicite David. Nick se lève et cherche quelque chose dans ses poches, mais ne le trouve pas.

— Je reviens, je vais voir ma femme, elle doit avoir mes cigarettes !

De leur côté sur la plage les filles, Hope et Nina, donnent des conseils à Marisol. Seule Crystal est un peu à part, mais Hope la rattrape.

— Bon, ce sera à toi après !

— Ça ne risque pas d'arriver !

— Quoi Nick ne veut pas ? Étonnant, il est gaga de sa nièce et de son neveu !

— Oui, je sais… Il me l'a demandé plusieurs fois et c'est moi qui ai dit non.

— Je ne comprends pas…

Crystal se tourne vers Hope, Nina, Marisol et Virginie, la mère des garçons. Ses yeux sont remplis de larmes et elle tombe à genoux dans le sable.

— Je ne peux pas avoir d'enfant…

— Quoi ? Mais pourquoi ?

— En fait quand j'étais avec mon beau-père, un jour il m'a frappée tellement fort que j'ai fait une hémorragie. À l'hôpital, ils m'ont dit que c'était fini… Que plus jamais je ne pourrai avoir d'enfants !

— Tu ne l'as pas dit à Nick ?

— J'ai essayé plusieurs fois, mais… j'ai peur ! Il va me quitter, regardez ! Vous, vous avez donné un héritier à tous vos maris et moi je suis incapable de le faire… c'est pour cela que je ne voulais pas me marier non plus, mais… Je l'aime tellement !

Virginie voulait intervenir, mais un rapide coup d'œil derrière Crystal la fait reculer. Les filles reculent aussi et lui sourient en lui disant qu'elles se voient plus tard.

— Quoi ? Mais…

Virginie lui montre derrière elle. Crystal se retourne et fait face au regard ténébreux de Nick. Elle s'écroule davantage. Nick lui tend la main, mais Crystal refuse. Il rouspète.

— Je vais devoir mettre mon pantalon préféré dans le sable ! Mais qu'est-ce que je ne ferais pas pour toi !

Crystal n'ose pas le regarder.

— Regarde-moi mon ange... Princesse... Crystal !

La jeune femme se tourne et Nick pose sur elle un regard attendrissant. Crystal pleure toujours.

— Tu es là depuis combien de temps ?

— Depuis assez longtemps pour avoir tout entendu !

— Maintenant tu sais tout ! Tu peux me laisser et...

— Pourquoi tu dis ça ?

Crystal se lève et commence à partir, mais Nick la rattrape et la saisit par le poignet.

— Crystal, arrête tes caprices !

— Mes caprices ? Mais Nick, je ne pourrais jamais te donner un héritier. Kan a détruit ma vie !

— Pas totalement, je suis près de toi et je me suis juré d'y rester jusqu'à la fin de ma vie !

— Mais...

— OK, tu ne peux pas enfanter, mais il y a d'autres moyens d'avoir un fils ou une fille ! Oui je suis triste pour toi, car devenir mère naturellement doit être un immense cadeau du ciel, mais... pense à tous ces enfants qui sont abandonnés à leur naissance. Tu n'as pas envie de leur donner une chance ?

Crystal pleure et fait un oui de la tête. Nick relève le menton de la jeune femme.

— Je t'ai demandé d'être ma femme pour le meilleur comme le pire ! Ce n'est qu'un obstacle sur notre route, mais on le franchira. Tu es ce que j'ai de plus chère au monde et si tu veux avoir un de ces petits monstres qui braille auprès de nous, je suis plus que d'accord, tu es la prunelle de mes yeux, je t'aime plus que tout.

Nick embrasse Crystal et le couple entend des applaudissements derrière eux. Tout le monde vient d'arriver et ils ont tout entendu. Nina et James osent même une blague.

— Si tu veux, on te prête la nôtre pour te faire la main !

Crystal rigole et embrasse tout le monde. Quand elle arrive à Darren, ce dernier la serre plus fort.

— Tu es une personne exceptionnelle, tu feras une excellente mère, tu as déjà su adopter Nick... Alors, un gosse !

Tout le monde rigole sauf Nick qui fait semblant de bouder. La journée se poursuit et tout se passe bien. Le soir, David et Marisol se retrouvent seuls. Cette dernière se rapproche sensuellement de David alors que ce dernier fait les comptes. Il regarde la jeune femme et lâche son stylo.

— Hum, je ne l'avais jamais vue cette nuisette, très belle, mais je préfère sans !

— Alors je vais au lit attendre que tu me l'enlèves...

— Tu es sûre ? Je ne veux pas te forcer...

— J'ai discuté avec les filles et elles m'ont largement rassurée, donc maintenant plus de craintes tant que tu ne fais pas du tam-tam sur mon ventre !

— Hum ne t'inquiète pas, je n'ai pas l'intention de te faire ça !

David range en vitesse son bureau, il ferme la porte et traverse la salle à manger. Il remarque également que la nuisette de Marisol est par terre. Il commence à se déshabiller et quand il arrive à la chambre, il découvre la jeune femme nue sur le lit. Il ne peut que la dévorer du regard.

— Tu as faim, mon cœur ?

— Tu n'imagines même pas !

Il va sur le lit et passe une bonne partie de la nuit à rattraper la semaine de frustration. Le lendemain, il se lève en premier, enfile un boxer et va dans la cuisine pour préparer le petit déjeuner. Il sent une présence derrière lui et Marisol dépose des baisers langoureux sur son cou. Il craque. Il se retourne et croise son regard sensuel. Il la porte et la pose sur le plan de travail, il l'embrasse dans le cou et commence à descendre, mais son portable se met à sonner. Il décroche.

— Allô ? … oui… OK… À dix heures, c'est bon ? Hum, OK !

David raccroche et explique à Marisol qu'il a un rendez-vous en ville à dix heures pour un terrain à acheter.

— Tu ne m'en avais pas parlé ?

— Non… Secret !

— Hein ? Ha non dis-moi !

— Non !

Marisol commence à lui caresser la nuque et à mettre ses jambes autour de sa taille.

— Tu peux faire ce que tu veux princesse et… hum ce n'est pas du jeu !

Il la renverse sur le plan de travail et l'embrasse sur tout le corps. L'attraction et l'excitation sont tellement fortes qu'ils refont l'amour sur place. Marisol a du mal à tenir sur ses jambes et David la rassied. Il lui sourit et lui sert son petit déjeuner. Il l'embrasse et lui dit qu'il y va.

— Tu ne me diras rien ?

— Non !

David part en voiture vers la ville. Il le sait, cet ultime projet va changer la vie de beaucoup de gens.

Chapitre 16

David sort de l'agence immobilière et serre la main de l'agent. Dans ses mains il a des papiers, il est heureux et remonte dans sa voiture. Il conduit jusqu'au village et va au bar. Il réunit tout le monde et leur annonce son projet.

— J'ai le plaisir de vous annoncer qu'à partir d'aujourd'hui… vous ne devez plus rien à personne ! Tous vos crédits et surtout toutes les maisons mises en vente dans le village sont rachetées par moi ! Et j'ai mis les contrats de vente à vos noms. Vous êtes propriétaires de votre maison, vous êtes libre !

Des cris de joie se font entendre de partout. Il reçoit des remerciements, des compliments et pleins d'autres choses. Il remonte dans sa voiture et part chercher Marisol.

— Mais, David, pourquoi tu ne veux rien me dire ?

— Tu vas voir, c'est une surprise !

David conduit à travers les collines et s'arrête à un point précis, il y a un panneau « À vendre ». Marisol fait la tête et David rigole.

— Je ne vois pas ce qu'il y a de drôle, tu sais que je me bats contre ces promoteurs immobiliers qui veulent pourrir le paysage !

— Dis donc, ta grossesse te rend encore plus agressive, ma belle ! Bref, c'est vendu et c'est moi qui ai acheté le terrain, par contre, oui, il y aura un gros bâtiment…

— Quoi ?

— Zen, un bâtiment qui va respecter au mieux le paysage, mais… je fais construire une clinique. La première est à soixante-quinze kilomètres ! Et je ne veux pas que tu accouches loin ou que tu n'aies pas le temps d'y aller et en plus les gens de la ville pourront se faire soigner ! Viens, ce n'est pas fini !

David traîne Marisol de nouveau à la voiture et ils roulent encore un peu. Il arrive devant une grande propriété qui est à vendre, elle a une magnifique vue sur les montagnes d'Andalousie.

— Ce terrain aussi fait de l'œil aux promoteurs !

— Hé bien cela ne leur fera plus de l'œil, crois moi ! Il est vendu ! À moi encore une fois !

— Mais...

— Oui, je vais monter un centre de loisirs pour les gamins du village. Ils n'ont rien pour s'amuser, ici. Il y aura une piscine publique, un espace de plein air et divers jeux. Les parents pourront les laisser le matin pour aller travailler en toute tranquillité.

Marisol pleure.

— C'est vraiment génial ce que tu fais, je sais que notre relation a été très vite, mais je ne le regrette absolument pas ! Je suis tellement heureuse et fière d'être à tes côtés...

— Ma princesse, c'est moi qui suis fier tu me donnes la force d'avancer et de vivre. Grâce à toi j'ai grandi, je suis devenu plus responsable et j'ai appris ce que c'est que d'aimer quelqu'un, d'avoir mal pour quelqu'un, d'être heureux. Tu es mon rayon de soleil et la petite chose qui va naître va finir de me combler !

— Au fait... fille ou garçon ?

— Honnêtement, du moment qu'il est en bonne santé, je m'en fiche un peu, mais si c'est une fille... aucun mec aux alentours de la maison !

Marisol rigole.

— De toute façon, tu connais ma famille…

— Ho oui, je doute que Javier laisse quiconque s'approcher d'elle.

— C'est sûr il n'y a qu'à voir comment il était avec toi au début, là il va la prendre sous son aile.

— Je dois avouer que j'ai été surpris d'avoir été si vite accepté par ta famille et par les gens aux alentours.

— Tu es le « Zorro » du village !

— Et pour toi ?

— Comment ça, pour moi ?

— Oui, tu me vois comment ? L'image que tu as de moi ?

— Hum je te revois toujours en habit de cow-boy torse nu en train de laver les chevaux… Hum j'aime cette image de toi !

— Donc tu te régales à chaque fois que je les lave au ranch !

— Ha, mais je suis à ma fenêtre…

— Bon, on va s'arrêter là sinon je vais te faire l'amour dans la voiture !

— On peut aussi rentrer et tu me le fais à la maison !

Il n'en faut pas plus à David pour l'exciter. Il monte dans la voiture et le couple rentre chez eux. David porte Marisol jusqu'à la chambre. Ils passent le reste de la journée enfermés.

— David… on devrait se lever quand même… j'ai annulé mes rendez-vous pour… faire l'amour toute la journée !

— Tu t'en plains ?

— Non pas du tout, mais quand même…

David sourit, enfile son jean, met ses santiags et sort de la chambre. Marisol le suit, elle a revêtu une robe blanche et le couple s'installe dans le patio.

— Je ne pensais jamais que mon rêve pourrait devenir réalité. Il est encore plus merveilleux avec toi à mes côtés...

— C'est moi qui ai de la chance, ma puce. Bon il va falloir s'attaquer à des travaux dans l'hacienda bientôt !

— Pourquoi ?

— Pour faire la chambre du futur prince ou de la future princesse !

— Il me tarde !

— Je vais chercher à boire, je reviens !

Marisol se lève et va sur le devant de l'hacienda qui fait face à la mer. Elle regarde le ciel.

— Maman... Je sais que c'est toi qui as mis cet homme sur mon chemin, merci de tout mon cœur pour cette vie...

Elle sent des bras se resserrer sur elle.

— Moi aussi je voudrais la remercier pour avoir mis au monde une créature aussi magnifique que toi !

— Je t'aime David...

— Je t'aime ma puce.

Épilogue

Un an s'est écoulé. C'est le jour J, tout le monde attend l'ouverture de la clinique et de l'aire de jeux pour les enfants. Toute la famille de David est là sauf Nick et Crystal. La famille de Marisol est également là. La jeune femme tient une magnifique petite fille dans ses bras du nom d'Esmeralda. Le village est également là, tout le monde est heureux. Les festivités ont lieu toute la journée et touchent petit à petit à leur fin. La famille de David retourne à l'hacienda et ils ont la surprise de voir Nick et Crystal.

— Mais on vous attendait en haut !

— On ne pouvait pas venir…

— Pourquoi ?

Crystal dévoile le bébé qui se trouve dans l'écharpe de portage qu'elle a. Tout le monde s'en approche et pose des questions. Les femmes veulent savoir le sexe, la couleur des yeux, l'âge, tandis que les hommes félicitent Nick. Crystal explique que, au départ, cela devait être plus long pour l'adoption mais que le nom de famille de Nick a beaucoup aidé. Ils ont été à New York où une femme les a guidés tout le long de l'adoption jusqu'à ce qu'ils puissent serrer dans leurs bras ce petit ange. Franck s'approche de son fils.

— Alors, ça fait quoi ?

— En tant que père, c'est une sensation extraordinaire, en tant que mari c'est merveilleux de voir des étoiles dans les yeux de ma femme à chaque fois qu'elle touche ce petit être !

La nuit arrive et chacun se rassemble autour du patio sauf les parents des garçons qui sont sur la plage. Franck regarde sa femme.

— Merci.

— Pourquoi?

— Tu as changé ma vie, je suis vraiment heureux que nos chemins se soient rencontrés, tu es une femme extraordinaire, tu m'as donné quatre magnifiques fils et la famille s'agrandit de jour en jour... Merci. C'est une magnifique fin...

— Que dis-tu là? Je suis d'accord avec toi, tu as changé ma vie, c'est vrai, je suis heureuse près de toi et dans tes bras, mais... ce n'est pas la fin, c'est un magnifique commencement!

Le couple se sourit, s'embrasse tendrement, se tourne et observe leur famille rire et éclater de joie.

Remerciements

Faire des remerciements n'est pas toujours chose facile, mais je tenais à le faire, car cette saga (un peu courte) est la première et loin d'être la dernière.

Je dois beaucoup à mes abonnés qui me suivent depuis le début. Je ne peux pas tous vous citer, mais c'est vrai que quand je vois que Fabien, Soso, Jessie, Camille, Océane, Marion et les autres sont toujours présents à chaque sortie de livres ou qu'ils continuent à suivre mes blogs… Je suis vraiment boostée à bloc, ils le savent, mais… un grand merci ! Si vous n'aviez pas été là au début, je n'aurais pas pu continuer.

Évidemment un grand merci à ma maison d'édition « So Romance » qui m'a laissé cette chance, qui m'a soutenue malgré des hauts et des bas, merci sincèrement du fond du cœur.

Et puis je voudrais remercier mes amis, ma famille, mes enfants qui me donnent le courage d'avancer chaque jour et… Mon plus grand soutien… mon mari. Merci du fond du cœur de supporter mes heures derrière mon ordinateur ou mon cahier, de supporter ma tête dans la lune quand j'ai une idée de chapitre. Merci du fond du cœur pour l'amour et la force que tu me donnes au quotidien.

Je vous retrouve bientôt !

Lola Blood

Vous avez aimé votre lecture ?
Découvrez les autres romans des éditions So Romance
disponibles en format papier et numérique.

Les Louves de Rome
Tome 2 : Apparences trompeuses

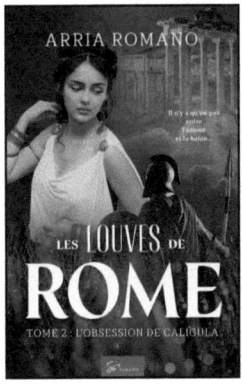

En novembre de l'an 37 après JC, Antioche est frappée par un séisme violent, causant la mort de nombreux habitants. Laelia et sa fille sont portées disparues. Kaeso, resté à Rome auprès du nouvel empereur, a le cœur brisé. Ce serait un miracle qu'elles aient survécu... Caligula, qui se montre de plus en plus cruel, est persuadé que la belle patricienne est vivante et qu'il finira par l'épouser, comme le lui avait annoncé la prophétie des années auparavant... Quel sera le destin de Laelia ?

Chardon bleu
Tome 1 : Regarde-moi

Éliza est une jeune femme partagée entre son métier d'éducatrice, son conjoint Nathan, et sa fille de 3 ans. Elle mène une vie bien rangée et orchestrée, parfois trop. Un soir, en route pour son cours de zumba, elle se retrouve au mauvais endroit, au mauvais moment : elle croise la route d'un groupe d'hommes armés en lutte contre un forcené. Elle réchappe de cette altercation mouvementée grâce au mystérieux Silver, le chef du groupuscule. Pour la soumettre au silence sur cette affaire top secrète, il la soustrait à sa vie, durant un mois.

Passion d'été
Tome 1 : Les prémices de l'amour
Plus que deux mois avant de commencer ses études d'infirmière ! Laurène est plus motivée que jamais pour profiter de son été tout en gagnant de l'argent. Une occasion inespérée se présente à elle : la foire près de chez elle recrute ! Dès son premier jour, elle y fera la rencontre de Mathias, jeune forain qui semble bizarrement la prendre en grippe... Pourtant, elle se sent irrémédiablement attirée par lui. Mais les traditions des forains sont différentes des siennes, Laurène s'en rendra vite compte.

Butterfly
Charlie est une femme brillante qui a tout pour elle. Tout, sauf ses souvenirs. À ses quinze ans, un terrible accident en mer lui a pris ses parents, et tous ses souvenirs, la laissant amnésique. Accompagnée par Stan, son meilleur ami de toujours, elle retourne à Saint Amour, lieu du drame, mais aussi le lieu de toute son enfance. En quête de son passé, elle fait la rencontre d'hommes magnifiques, dignes d'Apollon, notamment de Sébastien, qui la trouble intensément... Qui est-il ? Et pourquoi Stan se met-il à réagir étrangement ? Il est parfois dangereux de remuer le passé...

Pour en savoir plus
www.soromance.com

© Éditions So Romance, 2020 pour la présente édition

Éditions So Romance
159 avenue de la Couronne
1050, Bruxelles
www.soromance.com

D/2020/14.771/45
ISBN : 9782390451877

Maquette de couverture : Philippe Dieu
Photo : © Veronika Stuksrud / Shutterstock